DU MÊME AUTEUR

Aux Éditions Gallimard

ROUGE NU, 2022.

BENJAMIN DE LAFORCADE

BERLIN POUR ELLES

roman

nrf

GALLIMARD

Pour Adèle

1967

1

Sa vie tenait encore sur les doigts d'une seule main. Elle montrait sa paume tendue lorsqu'on lui demandait son âge, fière de savoir, fière de compter. Hier soir, juste avant la nuit, elle a grandi d'une année et sa mère a chanté. Il faut un pouce de plus pour dire son existence. Hannah avait six ans quand elle s'est réveillée.

Hannah est accroupie, le dos rond, les genoux aux oreilles et les sourcils froncés, les boucles de ses cheveux blonds s'agitent quand passe le vent. Elle joue dehors. Elle fait glisser le bout d'un bâton dans le sable et la terre, l'ombre de son visage apparaît sur le sol quand le nuage se dissipe et elle y reconnaît la rondeur de son nez, le bout de sa langue.

En une ligne de pointillés noirs, une rangée de fourmis contourne sa chaussure. Elles s'enfoncent une à une dans un trou invisible, les pattes avant et les antennes d'abord, quatre fils frénétiques, le thorax ensuite et l'abdomen enfin. La dernière de la file, Hannah lui barre la route avec son bâton. La fourmi s'arrête, hésite, et se décide à grimper sur l'obstacle comme on renonce à suivre sa bonne intuition. Elle s'envole. Hannah approche l'insecte de ses yeux, un corps en trois morceaux et une allure de monstre. Elle fait tourner le bâton entre ses doigts, la fourmi reste accrochée, curieux exemple de ces choses qui jamais ne glissent, jamais ne tombent. En la regardant d'encore plus près on la verrait trembler.

Dehors, c'est un terrain vague, un trou dans le paysage. Des mauvaises herbes poussent sous les plaques, fendent les morceaux de terre nue. Il y a un banc au milieu du vide. Une cagette cassée sur la roue d'une voiture, le sol marqué par la trace d'un feu allumé la veille. Dans le tesson d'une bouteille, le mégot d'une cigarette gonflé d'humidité.

Le mur coupe à travers le terrain, beaucoup plus loin, il obstrue les fenêtres des immeubles abandonnés. C'est une ligne basse à laquelle on s'est habitué, une ligne morne qui s'éclaire quand vient la nuit. Pour Hannah, Berlin s'arrête là. Là-bas. Dans cet ailleurs dont elle ne sait presque rien et qu'elle entend parfois dans les conversations d'adultes, les chuchotements, les noms de lieux étranges et de villes imaginaires. Comme la porte de la maison, comme le plafond de la chambre, le mur délimite l'espace qui lui appartient, définit les frontières de ce qu'elle appelle chez moi. Ce qui se trouve au-delà ne la concerne pas. Elle se contente de jouer dans ces endroits qui poussent près des frontières, la nature recouvrant ce qui a été démoli. Des déserts. Des planètes.

Par-delà le bâton, un mouvement attire son attention. Un mouvement et un bruit, celui d'une petite fille qui se met à courir quand elle croise son regard, les poings serrés, jusqu'au tuyau rouillé dont la majeure partie est encore enterrée. La petite fille s'approche d'Hannah, se ravise et reprend ses distances, les mains sur la bouche et les yeux grands ouverts, terrifiée de sa propre audace. Elle porte une blouse et ses longs cheveux noirs sont ramenés vers l'arrière, serrés par un bandeau. Perdant l'équilibre à chaque pas, elle court et se fatigue vite, sourit, rougit, se cache les yeux. Timide. Hannah revient à sa fourmi, à la caresse de son corps sur sa peau et aux tressautements de ses pattes. L'autre petite fille risque un signe. Hannah ouvre la main pour montrer ce qui s'y cache.

Elle s'appelle Judith et elle s'est accroupie juste à côté d'Hannah. Dans l'immense terrain vague, c'est la place qu'elle a choisie pour s'accroupir, son épaule contre la sienne et sa cuisse contre sa cuisse. Son visage à quelques centimètres du sien.

« Bonjour ! »

La fourmi contourne ce qu'on pose sur sa route, le bois, les feuilles et les bras des petites filles. Juste avant qu'elle ne disparaisse sous une herbe, Judith fait tomber sa main aussi fort qu'elle le peut. Sous ses doigts, une trace rouge et noire. Plutôt la savoir morte que la laisser partir.

2

Judith se réveille presque toutes les nuits, jetée hors du sommeil par le même cauchemar. Les rideaux laissent passer un peu de lumière bleue, elle vérifie que les draps sont secs et lutte contre l'envie de refermer les yeux. Pour calmer les battements de son cœur, Judith se concentre sur la respiration de son frère. Le petit Michael dort à côté d'elle, sur un matelas au sol. Il est encore trop petit pour la peur, trop petit pour savoir la menace de la nuit.

Le jour, Judith ne manque pas de courage. Elle répond aux adultes en les regardant dans les yeux. Elle est allée toucher le chien des Jacobi, sa gueule dégoulinante et son poil ras. Elle a mis un coup de pied dans le tibia d'un grand qui lui tirait les cheveux et elle a osé s'approcher de la petite fille blonde qui jouait dans le terrain vague. Mais quand vient le soir, la peur se fait une place dans son ventre, une flaque froide, sa gorge est épuisée d'avoir été si longtemps contractée. Il y a l'envie d'appeler sa mère et l'interdiction de faire du bruit. Le silence qui oblige au silence. Judith sait qu'en fermant les yeux, le visage de sa grand-mère apparaîtra de nouveau.

Sa grand-mère est morte il y a presque un mois. On lui a dit « Oma ne va pas bien », elle a mis son manteau et ils sont sortis, son père, sa mère, elle et Michael. Judith sait que les vieilles femmes tombent malades, d'autres maladies que les siennes, ils sont montés dans le tramway et Judith a dissipé d'un geste la fumée d'une cigarette. L'homme portait un chapeau froissé, il est descendu en laissant tomber son mégot et Judith s'est libérée des bras de sa mère pour l'écraser sous sa semelle.

Judith ne sait pas encore déchiffrer toutes les lettres qui composent le nom des rues, mais elle parvient à lire la plupart des enseignes. Boulangerie. Coiffeur. Konsum. Bientôt, elle connaîtra tout et comprendra chaque mot, chaque phrase. À la sortie du tramway, elle s'est arrêtée devant un papier collé sur un réverbère et a lu quelque chose qu'il est interdit de dire, juste avant que son père ne la prenne par l'épaule pour la faire avancer. La rue de la grand-mère était longue et étroite, bordée d'immeubles aux façades abîmées, égayée par une belle rangée d'arbres. Judith a demandé s'ils étaient encore loin, son père s'est retourné et a posé un doigt sur ses lèvres. Il n'y a rien que le père de Judith aime autant que le silence.

Ils sont arrivés devant une porte verte dont elle se souvenait vaguement. De sa poche, son père a sorti une clé et ils ont traversé la cour jusqu'au bâtiment du fond. Une autre porte, plus petite, un escalier pentu qui menait au sous-sol. « On va monter le charbon. » Elle est descendue avec lui et il a courbé le dos pour ne pas se cogner la tête. En bas, une ampoule éclairait un grand tas de lignite.

Assise dans un fauteuil, la grand-mère faisait passer son doigt sur la joue de Michael qu'on tenait suspendu devant elle. D'une voix grave, elle a dit quelque chose que Judith n'a pas compris, son père l'a poussée dans le dos et ça a été son tour d'être touchée. La grand-mère avait des taches dans les yeux et une odeur de pomme de terre, ses cheveux étaient noués en une queue-de-cheval rentrée sous son gilet. Quand Michael s'est mis à pleurer, elle a posé ses mains sur ses oreilles et on a emmené l'enfant dans une autre pièce. Judith s'est retrouvée seule avec sa grand-mère.

Pour ne pas la regarder, Judith a fait la liste des objets qui l'entouraient. Le poêle et le charbon. L'évier. Une pile de conserves. Sur l'étagère, une assiette en porcelaine de Meissen debout comme un trophée, un liseré doré et deux poissons gris nageant dans la poussière. La vieille respirait par la bouche, Judith espérait que Michael se calme pour que ses parents reviennent.

Elle a croisé son regard et la grand-mère est morte. Elle a voulu dire quelque chose, elle a planté ses yeux dans ceux de Judith en levant les sourcils. Fâchée, surprise. Et puis sa mâchoire s'est contractée, ses yeux se sont mis à briller et Judith a compris. Comme les souris qu'on retrouve, les oiseaux écrasés, les choses qui ne vivent plus. Les taches qui remplissaient ses yeux s'étaient diluées dans une masse claire, un vide, sans plus pouvoir bouger Judith a écouté les pleurs du petit Michael. Son père n'a rien remarqué quand il est entré dans la pièce. Il a demandé à sa fille pourquoi le fauteuil était trempé, pourquoi il fallait toujours qu'elle se comporte comme une gamine. Elle ne se souvient plus de ce qui s'est passé ensuite.

Judith repousse sa couverture, sort une jambe après l'autre et se glisse doucement dans le lit de Michael. Elle se colle contre son frère et tout est remplacé par le contact brûlant de son corps, ses cheveux trempés de sueur, le rythme de son dos qui se gonfle contre elle. Elle lui prend la main, elle pose un baiser sur sa tête et respire sa chaleur. Elle dit : « N'aie pas peur, Michi. Il ne faut pas avoir peur. » Sous ses paupières fermées s'anime alors l'image d'une petite fille blonde qui lui montre une fourmi dans la paume de sa main.

3

Elle avait décidé de l'avoir seule. Rita n'aurait pas eu la force de s'occuper d'un mari en plus d'un enfant, sa propre mère était morte d'épuisement pendant que l'autre jouait à la guerre, perdait la guerre, les fusils sont moins lourds que les bébés qui pleurent. Son Hannah, elle l'aurait seule ou elle ne l'aurait pas.

Gerhard n'était pas laid et il avait dit un jour, ivre et blagueur, qu'avec dix ans de moins il l'aurait épousée. Rita avait trente-huit ans et une vie de travail dans les reins, elle n'avait plus le temps de faire la difficile. Gerhard faisait partie de sa brigade de travail, il était conducteur d'excavatrice de charbon, comme elle. Dans le bassin minier de Lusace, les brigades évoquaient ces familles dont les membres ne se ressemblent pas, les visages différents mais les gestes harmonieux, transmis des uns aux autres à force d'habitude et de camaraderie. C'est Rita qui tenait le journal de brigade, elle le remplissait régulièrement, avec application, et le signait de son nom complet. Margarete Wolter. Si elle n'oubliait jamais de mentionner une incivilité ou du matériel abîmé, elle notait aussi les plaisanteries et les histoires du jour, les naissances des enfants, les décès des anciens. Les autres le lisaient comme un roman qui parle de soi, concentrés, exigeants, lui en faisant la remarque si quelque chose manquait. Elle écrivait le matin pour la veille, juste avant de monter dans l'excavatrice, juste avant de commencer le travail.

Une fois là-haut, dans la cabine, Rita dominait la mine.

Un paysage de lune, un immense désert dont l'horizon formait une boucle autour d'elle, de la terre et de la roche, cet autre monde dans lequel les hommes creusent et récupèrent la pierre qui produit l'énergie. Rita posait ses mains sur les manettes noires et le monstre sous elle se mettait en mouvement, la machine devenait une extension de son corps. Rita pesait trois mille quatre cents tonnes, s'élevait à quarante mètres au-dessus du sol et déblayait des montagnes en un mouvement de bras. L'excavatrice pivotait et Rita écoutait le vacarme de la roche qui s'éboule, la pierre cueillie dans les godets, la roue s'enfonçant dans la crête comme un marteau dans du miel. Assise dans le ciel, Rita se sentait forte.

Les années s'étaient étirées et un visage lui était apparu, juste une idée, un éclair rose au fond de ses pensées. Dans la carcasse incassable de l'excavatrice, Rita s'était mise à penser à la douceur de ceux que l'on fait naître. Elle s'était imaginé une petite fille qu'elle aiderait à grandir, une petite fille qui n'en resterait pas une et deviendrait une travailleuse aux cheveux clairs. Hannah. C'est le nom qu'elle choisirait.

Un soir que la brigade fêtait la fin de la semaine, elle avait demandé à Gerhard s'il était d'accord. Dans un cylindre de tôle, on avait fait le feu pour y cuire des saucisses, les hommes chantaient, se racontaient des histoires, le vieil Uwe s'était endormi et alors qu'il ronflait comme un torrent de pierres on avait dessiné une moustache sur sa lèvre et un pénis sur son front. L'excavatrice dormait au loin, on sentait dans l'air des odeurs de métal, de bière et de poussière. Le soir, sur la mine, le soleil prenait des couleurs étonnantes et une gaze se formait au-dessus de l'horizon, un rideau de chaleur pliant les lignes droites comme aux abords des flammes. Rita avait essuyé son visage et pris une gorgée de schnaps pour se donner du courage. Gerhard était resté si longtemps silencieux que Rita avait cru qu'il allait refuser.

« Si tu ne veux pas le faire, c'est bien aussi. Je demanderai à quelqu'un d'autre ou je me débrouillerai autrement. »

Le vestiaire des femmes était toujours vide, Rita maintenait les épaules de Gerhard et le pressait contre le mur. Il voulait qu'elle l'embrasse. Ses lèvres striées par sa moustache, sa langue un goût de bière et une chaleur de viande, Rita avait défait son soutien-gorge avant de lui prendre les mains et de les glisser contre elle. Au bas de son ventre elle pouvait sentir son sexe tendu, la brûlure au travers des vêtements de travail, elle l'embrassait sur le front, les joues et les lèvres. Comme dans l'excavatrice, Rita s'était sentie capable de faire bouger un corps, de piloter des membres qui ne lui appartenaient pas. Gerhard était heureux, il ne croyait pas en sa chance. Depuis combien de temps n'avait-il pas touché un autre corps que le sien ?

« Tu me fais une fille. C'est une fille que je veux. »

Pendant qu'il riait, elle l'avait pris d'un seul coup et en entier. Son rire contractait ses muscles et faisait bouger son sexe à l'intérieur, elle le serrait contre elle en appliquant sur lui un mouvement régulier. Étouffé dans sa peau, son souffle s'était changé en une humidité, un liquide pareil à ceux de l'amour, elle modulait son rythme. Rita n'avait besoin de personne pour faire vibrer son corps mais elle aimait parfois partager ces moments qui ne se partagent pas. Gerhard avait fini le premier, par amitié il avait continué, faisant glisser ses grandes mains sous la blouse de Rita. Elle avait avalé sa salive et s'était retirée.

« Merci mon Gerhard. Si ça ne marche pas cette fois, on réessayera. »

Gerhard avait espéré que plusieurs essais seraient nécessaires.

« Tu me diras quand même si c'est une fille. »

Il avait fallu beaucoup d'essais, mais c'est bien une fille qu'a eue Rita. Hannah est allongée, la main sous l'oreille, tout contre ce corps d'adulte dans lequel elle habite. Dans lequel elle a toujours habité. Ses boucles s'enroulent aux doigts de sa mère et parsèment d'or sa peau fatiguée. Des anneaux, une alliance.

Hannah et Rita jouent aux mots. Il suffit de dire le premier mot qui vient, sans rapport avec le précédent, sans anticiper celui qui suivra. Juste un mot. La lumière du jour s'en est allée par la fenêtre. La chambre est sombre, l'ampoule au plafond tient à un fil tordu. Elles ont chaud, l'une contre l'autre. Rita fait marcher deux doigts sur le petit dos rond, un index, un majeur, deux jambes imaginaires qui entament un galop transformé en caresse. « Dos. » « Fesses. » « Mollet. » Un rire s'échappe du ventre d'Hannah et traverse sa mère, il porte en lui chacune des années qui séparent la femme de la petite fille. « Bâton. » « Fourmi. » « Partir. »

Hannah se sent glisser hors de cet autre corps, le froid lui mord le dos, la glace des peaux que l'on décolle et puis les bras de Rita, solides, qui la soulèvent comme on détache un pétale de fleur.

Hannah est là, un filet blanc dans l'embrasure de ses

paupières, déjà si différente de ce bébé rose et chaud qui n'a existé qu'un instant. Plutôt que de s'endormir en l'écoutant respirer, Rita enfile un imperméable en regardant la pluie à travers la fenêtre, la ville qui a remplacé le bassin de Lusace, Berlin qu'elles ont rejoint à la naissance d'Hannah. Elle se prépare pour son nouveau travail de nuit à l'usine de câbles. Elle se prépare au froid, au trajet à pied, aux hommes déjà ivres criant dans la rue les menaces qu'ils ont apprises. Le rythme, la fatigue, la cadence. Sa fille de six ans à peine qu'elle abandonne trois soirs sur six. Elle ouvre la porte et s'enfonce dans le noir.

4

Autour de son cou, un foulard bleu. Hannah a eu besoin d'aide pour l'attacher. La cheffe de groupe s'est agenouillée devant elle et lui a montré les étapes une fois encore. Les bouts croisés comme les oreilles d'un lapin, un tour et croiser à nouveau, tirer bien fort pour que le foulard ne tombe pas, arranger le nœud pour qu'il reste toujours beau. Hannah n'est pas la seule à avoir eu du mal, d'autres enfants se sont fait aider. Tout le monde est debout maintenant, les épaules en arrière et le regard vers l'horizon, on ne commencera qu'une fois le silence installé. Il faut écouter, et répéter ensuite. Répéter pour retenir.

Nous, les Jeunes Pionniers, aimons notre République démocratique allemande.
Nous, les Jeunes Pionniers, respectons nos parents.
Nous, les Jeunes Pionniers, aimons la paix.

Nous, les Jeunes Pionniers, sommes amis avec les enfants de l'Union soviétique et de tous les pays.
Nous, les Jeunes Pionniers, étudions avec application, sommes ordonnés et disciplinés.
Nous, les Jeunes Pionniers, respectons tous les travailleurs et aidons efficacement partout.
Nous, les Jeunes Pionniers, sommes de bons amis et nous entraidons.
Nous, les Jeunes Pionniers, aimons chanter et danser, jouer et bricoler.
Nous, les Jeunes Pionniers, faisons du sport et gardons notre corps propre et sain.
Nous, les Jeunes Pionniers, portons avec fierté notre foulard bleu.

Hannah se perd dans l'avalanche des mots, ceux qu'elle connaît, ceux qu'elle ne connaît pas. Chanter, danser, jouer. République, fierté, application. Les commandements s'enchaînent à pleine allure, une seconde et déjà le suivant s'approche, le suivant et le suivant encore. Après les premières phrases, plus rien, un vide dans sa tête et la honte qui vient. Hannah peut voir un morceau de ciel à travers la fenêtre, le soleil dans un coin, le même que ceux qu'elle fait sur ses feuilles à dessin, toujours en haut à droite, toujours pris dans un angle. Les autres répètent. Les autres y arrivent. Pas elle.

Il s'agit toujours des chansons et des mots. Les airs lui traversent la tête sans y trouver d'accroche, les rythmes se perdent et les syllabes s'emmêlent, fondent jusqu'à devenir un amas homogène de bruits insensés. Hannah préfère apprendre avec son corps. Courir, nager, lancer des pierres, rentrer la tête et pousser sur ses pieds, sentir son dos qui roule contre le sol avant de se relever en flèche.

Autour d'elle, les autres enfants imitent la cheffe, recopient même les inflexions de sa voix, Hannah essaye de reprendre et bute sur une syllabe, elle se trompe, s'entend, fausse et à contre-courant. Elle décide alors d'ouvrir et de refermer la bouche sans un bruit, mimer, faire semblant pour ne pas mal faire. Hannah peut écouter maintenant qu'elle se tait.

C'est de cette façon que lui parvient, tout au milieu du bruit, une voix qui ne ressemble pas à celle des autres. Claire. Agréable. Une voix qui succède à celle de la cheffe et qui semble pourtant dire tout autre chose. Hannah fouille sa rangée des yeux. Il y a un garçon au front particulièrement haut, une bosse sous ses cheveux ras, un autre dont les mains sont couvertes d'eczéma. La jolie voix est juste derrière, elle l'entend clairement, elle n'entend plus qu'elle. En se penchant vers l'intérieur du rang, Hannah remarque une queue-de-cheval, des cheveux noirs retenus par un bandeau, souvenir trouble d'un jour au terrain vague. Un visage près du sien, une fourmi qui s'échappe. Bonjour ! crié dans ses oreilles.

Judith tient ses mains sur son ventre et gonfle le torse, les paroles lui viennent avant que la cheffe ne les ait prononcées, elle résiste à l'envie de les dire avec elle. Judith est fière de son foulard, trop longtemps elle l'a vu sur la gorge des autres enfants, trop souvent elle a dû faire promettre à son père qu'elle porterait le sien, son sourire comme preuve que rien d'autre ne vaut d'être tant espéré. Quand elle rentrera de sa première journée, elle montrera à Michael ce que contient son paquet de surprises, grand cône de carton décoré qu'il a fallu laisser à l'entrée du gymnase. Les figurines, les petits carnets d'école, un crayon à papier relié à sa gomme par une languette en fer. Elle détachera le foulard de son cou et le nouera sur celui de son frère. Elle lui dira qu'il est le plus jeune des Jeunes Pionniers.

Un grattement à l'arrière de son crâne, comme une démangeaison. Judith passe une main sur sa nuque, soulève sa queue-de-cheval et y enroule son doigt. L'impression persiste. Aussi collante que du savon qui sèche, aussi pesante que les questions d'adultes. Elle perd le rythme, se trompe de phrase, Judith se ressaisit mais le poids de ce qu'elle sent l'empêche de continuer. Un regard. C'est d'un regard qu'il s'agit, celui d'une petite fille aux cheveux bouclés.

Judith a les yeux noirs, Hannah les paupières roses. Elles se fixent sans rien dire, elles sont comme pétrifiées, c'est la toute première fois qu'elles reconnaissent quelqu'un. Un sourire apparaît. La contraction d'une lèvre, une lumière dans l'œil, un feu qu'éveille un feu. Hannah et Judith cessent de répéter les commandements de la cheffe, elles se laissent aspirer par ce qui naît entre elles. En silence, elles se racontent la joie, la curiosité, la timidité, l'envie de rire et l'envie de jouer. Leur première conversation se fait à mots pensés, elles s'en contentent un moment puis décident de se rejoindre. Hannah s'avance d'un pas et le rang se déforme, Judith se décale et le groupe perd sa structure, les rangées se délitent, quelqu'un tombe du banc en perdant l'équilibre.

La cheffe réclame le silence d'une voix ferme, un courant traverse le corps des enfants et on reforme le groupe, on respire lentement, on reconstruit le silence. Hannah et Judith ont réussi. Elles sont l'une à côté de l'autre maintenant, leurs épaules se touchent, la queue-de-cheval de Judith caresse le dos d'Hannah.

« Pour la paix et le socialisme, soyez prêts ! »

Elles montent leur main droite au-dessus de leur front, le pouce entre les yeux, leur réponse est la même que celle de tous les autres.

« Toujours prêts ! »

5

Inge dépose une goutte dans chaque tube de verre, colle les étiquettes préparées tout à l'heure, elle enlève ses gants et saisit le stylo attaché au carnet par un long cordon rouge. Elle écrit la date, l'heure, le numéro d'échantillon, puis vérifie qu'elle n'a rien oublié en suivant du doigt les neuf étapes du protocole. Elle n'a rien oublié. Inge entreprend d'organiser les paillasses pour la journée de demain et installe le matériel qui peut rester dehors pendant la nuit, elle nettoie les surfaces avec le pulvérisateur vert, les rince avec le rose, elle manque de faire tomber un erlenmeyer et le rattrape au vol. Ensuite, elle relève les températures des enceintes et s'assure que les boîtes sont scellées avant de se rendre au vestiaire.

Lorsqu'elle habitait à Leipzig, les laborantins dont Inge était responsable s'occupaient de ce genre de tâches. Elle aimait les accompagner à leurs débuts, expliquer chaque chose, s'assurer d'être comprise. Il régnait dans le petit laboratoire une ambiance studieuse et cordiale. Quand elle est partie, ses collègues l'ont surprise avec une fête, le directeur est venu et il a eu des mots gentils. À vingt-neuf ans, Inge Moehn avait été bien des choses pour son équipe. Une collègue appréciée. Fiable. La mère de la petite Judith et du petit Michael, deux enfants charmants dont les visages nous manqueront. Mais la jeunesse est ainsi faite qu'elle cherche sans cesse le mouvement, la découverte et l'aventure. Le laboratoire perd un bon élément au profit de la capitale, une heureuse tragédie. Tout le monde a applaudi, un jeune collègue s'est approché d'Inge avec un cadeau, on s'était cotisé pour lui offrir une mallette en cuir rouge.

La mallette, elle n'ose pas l'emporter au laboratoire de Berlin. Elle ressemble trop à celle de son nouveau supérieur, M. Blumenthal, un homme silencieux qui n'adresse que rarement la parole à ses collaborateurs. Inge a suivi les conseils de son mari, elle s'est efforcée de ne pas se faire remarquer, la mallette reste à la maison et elle garde pour elle les suggestions d'amélioration des protocoles qu'elle ne peut s'empêcher de formuler secrètement. Inge n'est plus responsable de personne, elle prépare les plans de travail le matin et les nettoie le soir. Inge n'habite plus à Leipzig, elle habite à Berlin.

Sur le mur du vestiaire, l'horloge en plastique avance trop vite pour elle. Inge ne prend pas le temps de se regarder dans le miroir, elle relève ses cheveux noirs, dégrafe sa blouse et l'accroche à un cintre. Elle s'est maintenue après la naissance de Judith mais a pris deux tailles après celle de Michael, il a été nécessaire de racheter des blouses et Peter s'est plaint de la dépense inattendue. Depuis leur mariage, Peter tient à enregistrer l'économie du ménage sur un carnet à double entrée qu'ils actualisent à la fin de chaque mois. Il aime à dire que si sa hiérarchie connaissait les penchants consuméristes d'Inge, ils se feraient bannir du Parti.

Les pommes de terre semblent ne jamais vouloir cuire. Elles trempent dans l'eau tiède, vaguement frémissante, restent dures comme du bois. La cuisinière chauffe mal, il est presque impossible de faire bouillir de grandes quantités d'eau. Inge ouvre une conserve de chou et verse dans l'évier la saumure des cornichons. Pour la centième fois, elle pique une pomme de terre du bout de son couteau, y rencontre la friabilité de la chair crue, décide de les débiter en cubes. Le dîner de ce soir, elle le prépare dans cette mauvaise cuisine, sans fenêtre, épuisée par la journée de travail achevée et par celle qui commence maintenant. Avec le couvercle de la boîte de conserve, elle se blesse à la main et porte son doigt à sa bouche, le goût métallique du sang et la lassitude, la maladresse dont Peter est parfois amusé, parfois agacé.

Le poêle recouvre les murs d'une couche grasse. Quand ils ont emménagé, les locataires précédents avaient laissé des bocaux en verre sur les étagères et Inge avait dû faire levier pour les décoller du bois. Elle se souvient du bruit de succion et de la poussière agglomérée. L'odeur que, pour toujours, elle associerait à son arrivée à Berlin. De Leipzig, tout lui manque. La rue large et l'immeuble propre, moderne. Le calme, la parcelle de gazon devant leur porte, la terre sous les ongles de Judith et les brins d'herbe sur le visage de Michael. Peter est revenu un soir, une lettre à la main et le sourire vainqueur. Ils ont déménagé le mois suivant.

Elle supporte chaque jour la crasse de Berlin. Le bruit à toute heure. Elle serre Judith contre elle lorsqu'elle reconnaît la démarche hasardeuse d'un homme qui a trop bu. Les immeubles sinistres, leurs fenêtres condamnées, les regards suspicieux. Inge a entendu parler des nouveaux quartiers qu'on s'apprête à construire, des unités d'habitation bien chauffées, toilettes individuelles et cuisines modernes. Elle a fait promettre à Peter de leur y trouver une place.

« Avec tes nouvelles responsabilités, tu dois pouvoir nous assurer une place là-bas. »

Peter lui a rappelé qu'il ne travaillait pas pour construire un pays de passe-droits et de privilèges, Inge le soupçonne de ne pas oser demander. Elle s'est occupée de réunir les documents nécessaires, elle sait que rien ne manque, elle voudrait simplement qu'il fasse porter le dossier en ajoutant peut-être la recommandation d'un supérieur. L'appartement provisoire qu'ils occupent lui donne l'impression d'avoir fait un saut en arrière. Peter lui demande d'être patiente. Il la voudrait moins capricieuse.

Sur la table, même les belles assiettes ont une autre couleur. Parce que Peter rentre tard, elle organise le dîner en deux services, le premier pour les enfants. Il lui arrive de manger quelque chose avec Judith et Michael pour effacer les traces floues que la fatigue applique sur son champ de vision. Un morceau de pomme qu'elle mâche lentement, vérifiant d'un œil que Michael ne s'étouffe pas et que Judith ne fasse pas de tri. Ce soir, elle a dressé trois couverts au lieu de deux. Les enfants accueillent une petite invitée.

Dans la file d'attente du Konsum, Inge a entendu Judith hurler un prénom inconnu. Une petite fille s'est retournée, a lâché la main de sa mère et s'est approchée en courant. Les deux enfants ont entamé une conversation frénétique, comme si plus personne n'existait autour d'elles, et le cœur d'Inge s'est serré dans sa poitrine. Le visage de sa fille, totalement absorbé. Dans sa bouche, des mots qu'elle avait appris seule. Un regard jusqu'ici réservé à sa mère.

Inge et Rita se sont assises sur un muret pendant que leurs filles jouaient ensemble. Elles les ont regardées en silence, un moment. La fin de l'après-midi avait emporté la clarté du ciel mais on voyait persister, au-dessus des façades, un morceau de soleil. Les petites jouaient à en perdre haleine, décidées à profiter de leur chance jusqu'aux dernières secondes, mêlant Michael à leurs jeux.

Inge s'est tournée vers cette femme qu'elle ne connaissait pas. Trop vieille pour être mère, trop seule, ses cheveux fatigués et la chaleur dans son regard. Sans vraiment savoir pourquoi, elles se sont tout dit. Inge a raconté le laboratoire, l'appartement de Leipzig, Peter et la naissance des deux enfants, la tristesse de Berlin, les vies qu'on ne choisit pas. Rita a raconté la mine. L'excavatrice et le journal de brigade. L'arrivée dans la capitale et le travail de nuit à l'usine de câbles. La peine qu'elle a de laisser Hannah seule, l'inquiétude qui la gagne, ses pas fébriles quand elle rentre chez elle et que son esprit imagine tout : l'odeur du feu, une serrure fracassée, le visage sans vie de sa fille dans son lit. Rita a déposé une demande pour changer ses horaires, elle attend une réponse, relance le contremaître chaque soir avant le début du travail et chaque matin après le nettoyage des machines.

Alors Inge a dit quelque chose que Rita n'oubliera pas. Elle lui a dit de ne pas s'inquiéter. Elle lui a dit jeudi, jeudi sans problème, elle fera manger les enfants et les petites partageront leur lit. Quand on cuisine pour quatre, on cuisine pour cinq.

6

Arrivé en haut de l'escalier, Peter se rend compte qu'il a oublié de monter le charbon. Il hésite à redescendre, puis accroche son imperméable et pose son chapeau sur la commode. Peter allume une cigarette en s'avançant vers la cuisine, ses longs doigts s'illuminent quand s'ouvre le briquet, on peut voir dans ses yeux le reflet de la flamme. Peter est un homme à la silhouette élégante, les épaules fines et les jambes longues, il fume la main tendue. Son bonjour reste sans réponse, il se vexe et répète plus fort, il regrette le temps ou Inge l'accueillait à la porte avec un baiser. Elle apparaît dans le couloir, le tablier sale et les cheveux défaits, elle lui demande s'il a pensé à remonter le charbon.

Peter entre dans la cuisine pour récupérer la radio. Il reste encore une dizaine de minutes d'émission, il n'a pas tout raté. Il s'apprête à s'asseoir avec une cigarette neuve quand il remarque, assise entre son fils et Judith, une petite fille aux cheveux clairs qui le fixe en mangeant.

« Sa mère travaille cette nuit. J'ai proposé de la garder. »

Le silence d'abord, celui que l'on réserve aux idées absurdes et aux mauvaises surprises. Peter voudrait que sa femme le rejoigne dans le couloir, Inge demande aux filles de surveiller le petit avant de refermer la porte. Hannah prend l'ordre à cœur, elle ne quitte pas Michael des yeux, personne ne bouge dans la cuisine jusqu'à ce que Judith se lève et tourne le menton de son amie vers elle. Elle lui dit que c'est la première fois qu'elle mange des pommes de terre et Hannah, après l'avoir accusée de mentir, change d'avis et décide de n'en avoir jamais goûté non plus. Une voix d'homme traverse le mur. Sourde d'abord, et de plus en plus forte.

« Et le père ? Pourquoi il ne s'en occupe pas ? »

Michael fait tomber sa cuillère par terre. Un claquement de métal. Une autre voix répond à la première, hésitante, coupée dans son élan par l'une de ces questions qui n'en sont pas vraiment.

« Tu es complètement stupide ? Inge ? Réponds. »

Michael se penche pour ramasser la cuillère, il se balance jusqu'à ce que les pieds de sa chaise, à tour de rôle, se soulèvent du sol. On entend un sanglot étouffé dans le creux d'un bras.

« Je ne vois pas où est le mal. »

La chaise émet un craquement dangereux. Le visage de Michael est rouge écarlate, ses joues gonflées d'agacement.

« Tu ne vois pas où est le mal ? Elle ne voit pas où est le mal ! »

Alors qu'il s'apprête à basculer, Judith le rattrape et les cris de son père remplissent la cuisine, abattant le mur qui les sépare du couloir. Des mots inconnus. D'autres qu'on sait interdits et le pire en dernier, alourdi de mépris et noyé dans les pleurs. *Asociaux.*

Peter s'est endormi dans la chambre, il s'est endormi inquiet de la journée du lendemain. Inge s'avance dans le couloir sur la pointe des pieds, et fouille dans la poche du grand imperméable. Elle en tire un paquet de cigarettes et le briquet à essence gravé aux initiales de son mari. P. M. Peter Moehn. Elle s'assoit sur la chaise et, rejetant la tête vers l'arrière, souffle la fumée vers le plafond. Les jambes lasses, le dos douloureux, un moment volé entre aujourd'hui et demain. Elle fait de son mieux pour ne penser à rien, chasser de son esprit les milliers d'inquiétudes. Ce qui s'est passé ce soir. L'appartement. Le dossier. Ce que Peter pense des femmes comme Rita. Michael qui ne marche toujours pas. La mort de sa belle-mère dont personne ne parle depuis l'enterrement. Les draps de Judith qu'il faut changer une nuit sur deux. Le laxisme que Peter lui reproche. Les femmes qui mettent au monde des enfants sans père. L'appartement. Le dossier. Le laboratoire et M. Blumenthal. Ce qui s'est passé ce soir. Les mots qui décrivent cette femme qu'elle aimerait avoir pour amie. Pour alliée. La fumée de sa deuxième cigarette lui est d'une aide précieuse.

Elle entend un craquement qui provient de la chambre. Le cri d'un lit qui grince et un rire qu'on étouffe. Les chuchotements, le crépitement des pieds nus sur le sol. Inge ne se lève pas, elle éteint sa cigarette pour en allumer une autre. Qu'elles s'amusent, qu'elles veillent jusqu'au bout. Tant pis pour les cernes et tant pis pour demain. Puissent-elles ne jamais savoir ce que la vie réserve.

7

Il ne faut pas faire de bruit, on leur a fait promettre de ne pas réveiller le petit Michael. Judith est trop heureuse, elle se sent presque vibrer. Elle est partagée entre la peur de se faire prendre — si le bruit persiste, c'est son père qui entrera dans la chambre — et l'excitation d'avoir Hannah chez elle, près d'elle, la nuit. Elles se sont levées dès que la porte s'est fermée. Elles ont réfréné l'envie de sauter sur place et Judith a placé une mèche de ses cheveux au-dessus de sa lèvre.

« J'ai une moustache. »

En urgence, Hannah a pressé ses mains contre sa bouche pour que son rire ne traverse pas les murs. Il y a eu un craquement, le son d'un adulte qui prête l'oreille, elles ont plongé dans le lit et se sont cogné la tête. Chaleur blanche, résonance des os. Hannah s'est frotté le front, une larme est apparue au coin de l'œil de Judith. Sous les couvertures gonflées, elles ont fermé les yeux le plus fort possible et le silence s'est fait de l'autre côté de la porte. De soulagement, elles ont ri à nouveau.

Pendant que Judith lui explique le jeu, Hannah appuie son front sur la tête de lit, le contact froid du fer retarde l'arrivée de la bosse qui point. Michael sera leur enfant. Il faudra le bercer pour qu'il s'endorme, le nourrir s'il a faim, bien s'en occuper. Comme aucune des deux ne veut être le père, il est décidé que le petit Michael aura deux mères pour veiller sur lui. Hannah sort de son lit et s'approche du garçon.

« Dors, Michi, ne pleure pas. »

Michael dort, il ne pleure pas. Judith a l'idée de le réveiller, elle lui presse le pied, Michael ouvre un œil.

« Rendors-toi, petit Michi. Dors, mon bébé. »

Hannah voudrait le prendre dans ses bras, le soupeser, comprendre de quoi il est fait. L'installer dans la chambre qu'elle partage avec sa mère pour y jouer à loisir. Elle touche le repli de sa gorge, son ventre que le sommeil anime, la douceur de ses cuisses, molles et serrées dans une culotte bleue qu'elle fait glisser le long de ses jambes, découvrant le bas de son ventre et un triangle de chair sur lequel est posé un petit embout blanc. Hannah approche sa main pour le toucher et Judith arrête son poignet.

« C'est par là qu'il pisse. »

Hannah et Judith rient trop fort, Michael se réveille et se met à pleurer. Elles se précipitent dans le lit en faisant attention de ne pas se cogner une nouvelle fois, la mère de Judith se tient dans l'entrebâillement de la porte. Elle ne dit rien, s'approche du petit Michael, le calme et le rendort d'une caresse sur le dos. Elle remonte la culotte bleue en regardant les petites filles immobiles, la respiration coupée. Les fausses endormies.

Plus tard, encore longtemps avant l'arrivée du matin, Judith se réveille et s'assoit contre la tête de lit. Elle sait qu'elle ne pourra pas se retenir longtemps, sa vessie la fait déjà souffrir. Les toilettes sont en bas et maintenant qu'Hannah ne rit plus avec elle, que plus un craquement ne vient donner la preuve de l'éveil des adultes, Judith a peur. Le silence et la nuit semblent s'être liés en une masse épaisse qui traverse la pièce et recouvre les murs. Elle a chaud et froid. Elle a le ventre dur. L'armoire, le gros fauteuil en bois et les rideaux épais forment des silhouettes menaçantes, des visages de vieilles femmes s'apprêtant à mourir. Elle réveille Hannah et lui dit qu'elle a besoin de descendre, il faut qu'elle y aille, c'est urgent. Hannah proteste, se retourne pour mieux se rendormir.

« Il faut que tu m'accompagnes, sinon j'ai peur. »

Hannah ouvre les yeux quand le mot est prononcé. Les membres assoupis, elle se lève et prend Judith par la main. Elles vont y aller ensemble. Hannah aussi a peur quand Judith n'est pas là.

L'escalier est raide et ses marches irrégulières. Les toilettes du palier sont cassées, il faut descendre encore. Elles se tiennent à la rampe trop haute, l'écho de la cage d'escalier répète les grincements du bois. Elles partagent un seul courage, l'échangent en resserrant leurs doigts au creux des mains qu'elles se tiennent. Hannah et Judith parlent une langue de pouces et de paumes. D'une pression légère, elles disent je suis là.

Judith n'a pas voulu fermer la porte. Elle relève sa chemise et s'assoit, le pétillement chaud qui grattait dans son ventre laisse place à un vide merveilleux. Hannah a la main posée sur la poignée, la respiration coupée, elle ne parvient pas à détourner son regard. Judith lui ressemble et ne lui ressemble pas. Elle reconnaît le même ventre, un nombril plus profond et des cuisses élargies par la cuvette. Ses pieds, dans le vide, qui se balancent mollement. Son regard fatigué et ses beaux cheveux noirs, ses oreilles dégagées. Elle se prend à espérer que Judith ne finisse pas tout de suite. Elle aimerait bien qu'elle garde sa chemise relevée.

8

Le clown porte une veste en velours terne, un vieux nœud papillon et des chaussures en cuir. Son visage est couvert d'un maquillage blanc, son nez est peint en rouge. De grosses gouttes de sueur descendent de son front et tracent des lignes sur ses joues, il sent l'alcool, l'urine, on fait un pas de côté pour garder ses distances. Le clown est assis par terre, les jambes sur les pavés et les coudes sur le trottoir, les fesses dans le caniveau. Il approche deux doigts de sa bouche et fait mine de tirer sur une cigarette invisible. D'une pichenette, il la jette, et expire une fumée bien réelle qu'il façonne entre ses lèvres. Un rond, puis deux, puis trois, apparus par magie des profondeurs du ventre.

Quelque chose se met à raidir sous le tissu de son pantalon, le clown écarte les genoux pour être plus à l'aise. Comme on dégoupille une grenade, il ouvre sa braguette et y pêche une bouteille de schnaps qu'il débouche et boit d'une traite, le fond vers le ciel et le goulot dans la gorge. Il s'essuie la bouche et rote bruyamment avant de porter les mains à son cou, secoué par une toux trop forte pour être authentique. Il se relève d'un bond, prend une pose de statue. Comme une fontaine qu'on met en marche, le clown retrousse les lèvres et recrache, en un filet continu, l'intégralité du contenu de la bouteille.

Hilare. Il presse son ventre et frappe ses cuisses avant d'être assommé par une toux véritable, sèche comme la mort. Un garçon l'applaudit, l'anse d'un pot de peinture accrochée à son bras. Une petite fille se met à rire et un vieux siffle entre ses dents. Le clown se baisse plus bas, son nez touche presque le sol, il perd l'équilibre et se rendort sur le trottoir.

9

Sur la carte du maître, deux espaces séparés par une ligne. Dans l'est de Berlin, on voit le tracé des rues, des routes, le canal et les lacs. On s'imagine en train de remonter l'avenue familière. De ce côté de la ligne s'étire le monde que l'on connaît, celui dans lequel on grandit, pays de la joie et de la paix. De l'autre côté du mur, une zone orange pâle. Pas de rues, pas d'avenues, rien que l'on puisse identifier. Un Ouest lisse, ni routes ni reliefs, une zone dont la couleur pastel provoque la fuite du regard. Comme les mers, comme ces pays insignifiants dont le nom n'est pas à connaître pour la prochaine évaluation. Le maître produit une deuxième carte, une carte du pays cette fois, et les choses sont plus claires. Le mur ne traverse pas la ville : il encercle la zone orange. Il enferme ce bout d'Ouest, ridicule au milieu de l'Allemagne, écrasé par la taille du pays qui le contient. C'est tout ce que l'autre camp a été capable d'obtenir, une flaque orange dans la capitale, un morceau de vanité dans lequel cohabitent des millions de solitudes. Il y a ceux qui ne travaillent pas et ceux qui vivent dehors. Vivre dehors, c'est dormir dehors et manger dehors, comme un chien ou moins qu'un chien. C'est mourir quand l'hiver est trop rude et que la maladie ne peut être soignée, quand la main qui vous sauve ne viendra jamais. Dans la zone orange, il faut, pour être, que l'autre ne soit pas.

Karl est assis vers le devant de la classe, décalé vers la gauche, c'est à cet endroit que le regard du maître se pose le moins souvent. Karl a onze ans et il est attentif : le maître, lorsqu'il parle de carte, ne tolère rien de ce qu'il tolère d'habitude. Encore moins de la part d'un fils de pasteur, d'un enfant qui ne porte jamais le foulard à son cou. Karl reste assis, les avant-bras sur son bureau et l'œil vif. Le maître reprend.

Le mur qui encercle Berlin-Ouest est une démarcation nette entre deux systèmes qui ne se valent pas. C'est une frontière solide, une ligne infranchissable qui protège et rassure. À la façon d'une digue dans la mer, le mur arrête les vagues, empêche le sel de se répandre partout. Ici, pas un homme ne dort dehors et pas une femme ne se voit refuser un travail. Le mur est incassable, simple et solide, il ressemble au pays de ceux qui l'ont construit.

Sur d'autres cartes, on regarde les pays des frères, des sœurs, des autres enfants exemplaires, on les regarde s'étendre et prendre leur place dans le monde. Il y a la République populaire de Hongrie et le lac Balaton. Il y a l'immense Union soviétique, une fusée en métal pointée vers le ciel. Il y a la Pologne. Le maître raconte ces amis d'ailleurs qui parlent d'autres langues, des visages qui pourraient être ceux des cousins, des petits frères. Des champs jaunes et des ciels bleus, des écoles, des maisons, un défilé de couleurs et d'instruments de musique. On garde une pensée pour ceux qui vivent dans la misère, ceux qui perdent pied dans l'opulence et le luxe, voleurs malgré eux de l'équité du monde. On entame une chanson, on la fait vibrer dans les cages thoraciques et on fabrique, ensemble, une mélodie. Les voix se mélangent, les grands sont assis et les petits debout, le maître chante comme tous les autres.

Karl sait ce que son pasteur de père pense des chansons ridicules, dangereuses, pansements posés sur une plaie de quarante-trois kilomètres qui réduit l'espace et comprime le monde. Karl sait que des hommes sont morts en traversant la frontière, noyés dans la Baltique ou abattus d'un coup de fusil. Mais Karl reste à sa place. Ses pensées à l'abri dans le secret de son âme. Il tient la main de son voisin de droite et celle de son voisin de gauche. Il chante pour les malheureux de la zone orange et les innocents qui naissent dans les familles de traîtres. Une moitié de ville ne lui suffira pas longtemps.

Karl est assis sur le banc de bois, les pieds contre la pierre et les mains jointes. Il est seul dans l'église, transi des courants d'air qui traversent ses os. Le bois et la pierre. Un lustre triste. Les rangées de bancs. Parce qu'il s'apprêtait à rejoindre Werner au sous-sol, son père lui a ordonné de l'attendre en silence. Karl a demandé ce qu'il allait faire pendant ce temps et le pasteur Harald lui a répondu.

« Tu vas prier. »

Karl joint les mains et ferme les yeux, il courbe le dos mais sa tête reste vide. Il pose ses coudes sur ses genoux et se recroqueville sur le banc, plié d'ennui.

« Je ne crois pas en Dieu. Je ne crois pas en Dieu. Je ne crois pas en Dieu et Dieu est un cochon. »

Il se lève, avance sur l'allée centrale, les claquements de

ses doigts montent jusqu'au plafond et rebondissent contre la pierre. L'autel est juste devant lui. Une marche qu'il est interdit de monter, un bloc massif sur lequel est posé un linge blanc et une table aux cierges. Le dimanche il voit ces femmes qui s'approchent et allument leur bougie, un murmure dans leurs lèvres, elles trempent la mèche dans la flamme voisine en s'adressant aux fantômes. À tous ceux qui sont morts.

Quand la mère de Karl est morte, le pasteur Harald lui a promis que les plus beaux souvenirs tiennent dans les plus petites flammes. Il suffit de les regarder danser pour que reviennent les moments de bonheur et les moments d'amour. La mèche a crépité, un ovale jaune et blanc, puis la cire a fondu et la bougie de sa mère s'est flétrie comme elle s'était flétrie les jours d'avant sa mort. Les nausées dans son lit et Harald qui lisait l'Évangile. Les yeux secs de son père quand il a posé la main sur lui.

« Elle est partie. »

Depuis que le cierge n'est plus là, Karl a oublié le visage de sa mère. Il l'a perdu comme il a perdu son rire et sa voix. Ne lui reste en mémoire que cette sensation étrange, douce et malheureuse. Une couleur. Une certaine teinte de bleu.

Karl approche ses mains de la table aux cierges, à quelques centimètres des flammes. Trop faibles pour le réchauffer, assez vivaces pour lui brûler la peau. Un souffle de vent s'engouffre dans son dos avant de faire danser leur lumière, l'une d'entre elles s'éteint, la mère de quelqu'un d'autre. Karl enfonce ses mains dans ses poches et souffle toutes les bougies.

Le bruit mat de quelque chose qui tombe lui parvient du sous-sol de l'église. C'est là-dessous que le pasteur et Werner passent toutes leurs soirées, le laissant seul là-haut. Son père a ramassé le gros Werner dans la rue il y a déjà des mois. Karl était avec lui quand ils l'ont vu, étalé sur le trottoir, une flaque autour de lui et le visage maquillé. Le pasteur s'est approché et l'a aidé à s'asseoir, sans prêter attention à son nez peint en rouge, à son odeur de chien. Karl n'aurait jamais osé le toucher. Ils l'ont couché chez eux, sur le tapis, après que le pasteur lui a fait boire un litre d'eau par petits verres. Il a hurlé toute la nuit et Karl s'est bouché les oreilles, priant pour qu'il s'en aille avec une ferveur inédite. Mais Werner est revenu, il est là le dimanche et les soirs de semaine, son père et lui parlent à voix basse comme des gosses excités du secret qui les lie. Ils lui cachent ce qui se passe au sous-sol de l'église et Karl imagine tout : des choses excitantes, des choses interdites. Plus on lui ment et plus il veut savoir, être mis dans la confidence, remplacer le clown sale dans l'estime de son père. Les bruits se font plus forts à mesure que la soirée avance. Comme aujourd'hui, Karl ne parvient pas toujours à s'empêcher de descendre pour écouter aux portes.

L'escalier est étroit, il se tient au mur pour ne pas tomber. Ils sont descendus tout à l'heure avec un sac de jute, tous les deux épuisés, de la boue et du sable sur leurs chaussures. On a refusé son aide, il a insisté. Le pasteur s'est énervé et Karl a obéi, au moins pour un temps. Arrivée en bas des marches, l'odeur de la cave lui parvient, une odeur de moisi, l'air qui stagne dans le froid. Il entend la voix de son père derrière une porte en bois tout au fond du sous-sol, sa respiration forte et le souffle de Werner.

« Soulève, soulève, soulève ! Je vais me faire broyer les doigts. »

Un bruit de ferraille et une insulte.

« Merde, Harald. On échange les rôles tu veux ? Tu soulèves et moi j'essaye. »

Le silence, ensuite, et l'oreille de Karl pressée contre la porte.

« Karl ? »

Il remonte vite l'escalier, s'assoit sur le banc et, joignant les mains, se jure de découvrir ce que son père lui cache.

10

Assis dans la pente, juste au bord du canal, les gens passent leur dimanche à ne rien faire. Il y a les brins d'herbe qu'on fait glisser entre ses doigts comme des cheveux démêlés, on tire un peu plus fort et ils s'arrachent du sol, déracinés, la terre qui s'accroche à la peau et l'envie de recommencer. Là-bas, la poussette de Michael est vide, il joue dans l'espace tracé par les jambes de sa mère. Pour lui laisser plus de place, Inge déplie ses genoux et ses pieds viennent rejoindre ceux de Rita, elles se sont donné rendez-vous au début de l'après-midi. Michael goûte les morceaux de sol les plus appétissants, il essaye de se lever mais il ne parvient pas à tenir debout plus de quelques secondes. Ses chutes le vexent beaucoup. Il aimerait courir comme les grandes et les suivre à la trace, frapper la balle du pied, porter la valise, appuyer sur l'interrupteur de la lampe. Allumer. Éteindre. Allumer. Éteindre. Il aimerait que Judith l'emmène partout, son absence lui est toujours insupportable. Alors Michael franchit une jambe et part trouver sa sœur en marchant à quatre pattes.

Tout au bord du canal, Hannah choisit les cailloux et Judith les lance. Hannah porte une robe jaune dont elle a soulevé le tissu jusqu'au-dessus de son ventre pour en faire un sac à pierres, Judith refuse de sortir de chez elle sans son foulard autour du cou. Elle prend ce qu'il lui faut dans la robe d'Hannah et compte les ricochets. Même si les pierres ne rebondissent pas sur l'eau, même si elles coulent d'un trait en touchant la surface, Judith et Hannah calculent les rebonds potentiels. Un deux trois quatre cinq six sept. Sept ricochets et les rôles s'inversent, Judith récupère les cailloux, elle est presque accroupie pour n'en faire tomber aucun.

« On disait que tu allais en faire mille. »

Hannah lance. Mille ricochets. Michael se cogne contre la jambe de sa sœur et une pluie de roche lui tombe sur la tête, Judith pose un baiser sur son front. Au fur et à mesure de ses lancers, les pierres d'Hannah montent moins haut. La courbe de leur vol s'aplatit pour suivre la surface de l'eau. Elle contracte les muscles de son corps, prend de l'élan et jette, de plus en plus fort, de plus en plus plat, encore et encore jusqu'à ce que les pierres ne coulent plus si vite. Ses doigts se perdent dans la broussaille frisée de ses cheveux, elle sent sur sa peau une humidité chaude, elle regarde les reflets du soleil sur le canal, la multitude de points qui clignent et disparaissent. Hannah jette son épaule, la dernière pierre roule contre sa paume et l'arrondi de ses doigts.

Deux cercles s'élargissent, deux preuves concentriques. Hannah recule et Judith s'approche, les bras en l'air et les poings serrés.

« Deux ! Deux vrais ! »

Puis elle perd l'équilibre, sa chaussure glisse, Judith tombe dans l'eau sans rebondir.

Le paquet de cigarettes ne ressemble pas à ceux dont on se débarrasse, froissés d'une main distraite et écrasés par les passants. Celui-là est bombé, les couleurs encore belles, il est tombé d'une poche. Karl l'inspecte du bout de sa chaussure et le ramène vers lui, le regard vague, l'air banal d'un garçon qui s'ennuie. Il attend encore un peu et se baisse pour le ramasser, ni trop vite ni trop lentement, dix-neuf cigarettes s'alignent sous son pouce. Rondes. Neuves. L'odeur du tabac sec et du papier. Il craque une allumette et tire en se creusant les joues, la fumée coule sur sa langue, acide et blanche, il l'avale d'une respiration et la sent exploser dans sa gorge. Il tousse, ses yeux le piquent encore mais il sent qu'il s'habitue. Karl reprend déjà une deuxième bouffée, avec de l'entraînement il pourra fumer autant qu'il le veut. Bientôt, la sensation âcre lui sera indispensable. Il ne sera plus jamais seul.

Karl garde toujours un œil sur le sol, balayant les trottoirs, les rigoles et les creux, c'est là que tombent les trésors perdus. En l'espace de quelques années, il a trouvé : une figurine de cheval, deux mouchoirs en tissu, de quoi remplir un seau de pièces, une cartouche de fusil, quatre magazines interdits, un canif, un flacon d'alcool et une tablette de médicaments. Il rêverait de mettre la main sur une lampe de poche. Karl entrepose le tout dans une boîte, elle-même contenue dans la caisse des souvenirs de sa mère que le pasteur n'ose pas ouvrir. Il lui arrive d'échanger ou de vendre, il sait comment s'y prendre, les autres de son âge sont mauvais en affaires et faciles à convaincre. L'argent qu'il gagne, Karl ne le dépense pas mais il aime le compter, retenir le chiffre et le faire grandir. Toucher ses pièces comme on caresse les bonnes notes.

Depuis un moment, il regarde les gens assis au bord du canal, profitant de la journée de soleil. Il y a cet homme qui trébuche parce qu'il a bu. Cette femme qui rit en se cachant la bouche parce que son sourire lui fait honte. Karl reconnaît quelques visages, la vieille Rita et sa mauvaise peau, sa fille un peu plus loin qui jette des pierres dans l'eau. À côté d'elle, une petite aux longs cheveux noirs, le nez pointu et le menton pointu. Elle applaudit, se penche et embrasse son frère. Karl se dit qu'elle est belle. Une gamine, un bébé, trop jeune pour lui ou pour qui que ce soit. Belle quand même.

La fille de Rita s'approche trop près du bord, à chaque lancer un peu plus près. Il la sent perdre l'équilibre et décolle son dos du mur, prêt à la secourir. Mais Hannah retrouve ses appuis, se retourne pour prendre une autre pierre, elle lance comme un garçon manqué sans laisser son amie essayer. L'idée lui traverse l'esprit d'allumer une autre cigarette. Et puis un cri retentit, celui de la fille aux cheveux noirs qui se met à danser, les bras en l'air et un sourire immense traversant son visage. Un soleil. Karl voudrait qu'elle se tourne vers lui, qu'elle lui accorde le même regard. Ses poings tendus vers le ciel, sa jambe qui part en arrière, son petit corps qui plonge dans le canal.

Judith ne s'est pas vue tomber. Elle n'a pas su faire de différence entre la joie et la chute, l'excitation dans son ventre et l'eau qui lui remplissait le nez. Elle a mis du temps avant de comprendre, les yeux brouillés et ses vêtements trempés. Elle a senti des bras sous ses aisselles qui la tiraient vers le sec et elle s'est dit qu'Hannah avait sauté pour elle. Elle a voulu rire et s'est mise à tousser. Puis elle s'est retournée et son sourire s'est effacé. C'est un grand. Il a gardé son pantalon et ses chaussures, ses cheveux dégoulinants lui donnent un air étrange. Peut-être onze ou douze ans, les yeux inquiets et un air terrifiant. Judith se dégage, elle n'a pas besoin d'aide. Il la serre contre lui, passe une main dans ses cheveux en lui demandant si elle va bien. Alors Judith s'énerve et le garçon se vexe. Elle lui dit de dégager, ses joues s'empourprent et sa robe colle à sa peau, elle voudrait remonter sur le bord mais Karl la retient dans l'eau. Il lui serre le poignet. Sans lui, elle se serait noyée. Morte. Alors elle lui doit la vie. Alors il va falloir qu'elle le paye.

11

Werner Behrens ne croit à rien. Ni aux chants, ni aux textes, ni au visage apaisé de ceux qui se laissent emporter par la prière. Cinquante années sur la terre lui ont permis de comprendre qu'il n'y a rien à attendre. Aucune magie, aucun destin pour ceux qui espèrent. L'espoir, Werner le sait, est l'arme de ceux qui n'en ont pas. Il avait vingt-deux ans quand son pays lui a demandé de tuer des hommes. Il sait ce que l'on ressent quand la balle du fusil traverse un corps, éteint un regard, il sait ce que l'on ressent quand on force la porte et que la famille entière se met à pleurer. Les documents mal falsifiés. Les enfants qui ne comprennent pas, les parents qui comprennent pour eux. Les coups de crosse pour éviter les coups de feu. Werner ne se demande plus de quoi il est capable, pas un recoin de son âme abîmée ne lui est étranger, il s'est déjà tout prouvé. Le pasteur, avec dix ans et une guerre en moins, ne comprendra jamais. La mère de Werner avait l'habitude de classer les frères et sœurs en deux catégories, ceux d'avant et ceux d'après. Ceux d'après la guerre sont restés des enfants.

En vingt ans, le pays a changé. Il a vu ses amis cacher leur croix gammée et brandir le drapeau rouge comme s'il coulait dans leur veine, comme s'ils ne l'avaient jamais combattu. Il a vu un pays se construire dans le pays, des frontières étranges décidées par d'autres. On parle de ceux qui ont gagné et de ceux qui ont perdu mais les guerres ne se gagnent pas, elles s'arrêtent aussi absurdement qu'elles ont commencé. Une plage est prise, un homme se tire une balle dans la tête. De ceux qu'il connaissait, presque tout le monde est mort. Werner a décidé d'en rire, il vaut mieux faire le clown. Il peint son nez en rouge, fait ses farces quand il est de bonne humeur et dort quand les choses ne vont plus. La vie avance comme ça.

Le pasteur l'a relevé alors qu'il s'était effondré dans la rue, un réveil difficile, un de ceux qui vous disent qu'il n'y a plus très longtemps à tenir. Il l'a couché chez lui, il l'a remis sur pied, dans cette ville restent des hommes qui valent quelque chose. Pour le remercier, Werner est venu le voir dans son église, il a fait abstraction de l'odeur et de la décoration, il est resté debout en essayant de suivre.

Derrière les bondieuseries et les chansons navrantes, Werner a entendu quelque chose. Dans la prédication du pasteur, il a perçu une colère.

Alors qu'il pensait ne jamais le revoir, le pasteur Harald l'a remarqué dans le fond de l'église, sa posture cassée et son regard d'ivrogne. Partout dans le pays, des hommes s'administrent un malheur à boire pour remplacer celui qui leur crible le cœur. Pourtant, pas d'alcooliques parmi les citoyens de la République démocratique allemande. Jamais de statistique, jamais aucun décompte. Ni faille, ni tristesse à noyer. Ceux qui boivent sont exclus des recensements, ils rejoignent l'oubli quand le goulot se pose sur leurs lèvres. Le pasteur a compté dans leurs rangs, il n'y a pas si longtemps. Après la mort de Margot, peut-être un peu avant. La gorgée qui dissout le chagrin et ramène les pensées à ce qu'elles ont d'essentiel : tenir debout, enlever sa chemise, ne pas pleurer devant le petit. Il s'est arrêté avant de se perdre. Les liqueurs ont troqué leur goût de fruit pour celui de la honte. Il a demandé de la force et Il lui en a donné.

Comme s'il ne parlait plus que pour l'homme qui se tient derrière ses fidèles, Harald a commencé sa prédication. L'arrestation de Jésus dans le jardin de Gethsémani. Le baiser de Judas qui le livre aux soldats et le Christ, sans colère, qui dit à son disciple : « Mon ami, ce que tu es venu faire, fais-le. » Le Christ sait que son tourment ne vient pas de l'homme qui trahit mais du système qui l'emploie. Alors qu'il vend le fils de Dieu pour trente pièces d'argent, alors que son baiser est un baiser de haine, Judas est l'instrument d'un tribunal qui corrompt pour imposer sa loi, récompense les délateurs et investit dans la désunion des hommes. Pour ne pas devenir un pantin imbécile, pour vivre une vie juste et libre, il faut savoir refuser l'ordre. Ne pas se soumettre à la règle si la règle appelle le mal. Trouver le chemin de Dieu dans la désobéissance.

Mis à part Dieu et la guerre, Harald et Werner partagent des convictions. Les soirs d'après la liturgie, ils se réunissent au Tante Lotte, un bar imprégné de tabac dont la patronne recueille, depuis le commencement des temps, les petites confidences des hommes malheureux. Werner derrière une grande bière et Harald accroché à sa tasse de café, ils se sont dit des choses. Werner écoute les mots bien taillés du pasteur, ses phrases courtes et pleines de sens, toujours mûries avant d'être prononcées. Dans la fureur de Werner, Harald perçoit la pureté des cœurs simples. Débarrassées de leurs effets, de tous les apparats qui enrobent le langage et le rendent opaque, ses paroles touchent au cœur. Il est arrivé qu'ils partagent leur table avec d'autres habitués, des gens de passage, Rita qui vient de temps en temps. Mais c'est seuls qu'ils ont eu les conversations dangereuses. Le Parti. La censure. Les cochons de la Stasi et leurs doigts de fouineurs. Eux. Si la patronne reste sourde aux discussions de ses clients, il y a chez Tante Lotte des oreilles moins bienveillantes. Là-bas comme partout ailleurs, Harald et Werner le savent, il vaut mieux rester discret.

Et puis les mots n'ont plus suffi. Ils n'ont plus supporté de les voir s'envoler, disparaître au-dessus de la bague d'une bouteille de bière et se dissoudre dans le sommeil. On entendait cette année-là de nouveaux récits, des histoires de lutte et de libres-penseurs, des tunnels que l'on creuse sous le mur, des familles réunies par de jeunes courageux. Ce poète qui avait eu assez de tripes pour écrire sur la presse. Ce chanteur disparu après s'être moqué. Il n'était pas question de laisser les gosses faire le boulot, Werner avait assez vécu pour ne plus avoir peur et Harald commençait à penser que, sans le geste, le prêche ne vaut rien. Ils ont décidé de se mettre au travail. Ils y sont presque chaque soir. Dans le sous-sol de l'église éclairé par la lampe, Harald et Werner ne parlent pas, ils soulèvent le drap blanc et reprennent les choses où elles en sont restées. Il faut réparer. Réparer la machine sans que le petit Karl vienne les espionner.

La toute première nuit, quand ils l'ont déposée dans le sous-sol de l'église, le cœur battant et le dos cassé, elle leur est apparue comme un bloc monstrueux. Un enchevêtrement de métal d'un autre âge. Ils l'ont observée un moment, recueillement perplexe, ni l'un ni l'autre n'en avait jamais vu. Chaque bras, chaque roue bloquée. Une résistance de fer. Leviers, boutons, loquets, câbles et tiroirs, la fragilité dans la masse, la précision et la complexité.

« Ça ne va pas être simple. »

Harald rappelle Werner à l'ordre dès qu'il brusque les choses, il est celui qui pense, s'inquiète, qui sait perdre du temps pour en gagner. Werner est moins patient, il préfère débroussailler et avancer à vue. La machine dégage une ancienne odeur d'huile et de fer rouillé, une odeur qui rappelle à Werner sa jeunesse, à Harald son enfance.

La boîte à outils rouge leur a permis de faire de vrais progrès. Les tournevis, les lames, les pinces, les clés, tout a été testé, mis à l'épreuve de la mécanique, écrasé par leurs doigts et mordillé par leurs lèvres. Dans la ville, le matériel tend à manquer mais on sait qui possède quoi, on échange et on rend la pareille. Pour Harald et Werner, demander des outils aurait pu être dangereux. La boîte rouge appartient à Rita, elle fait partie de ceux qui ne posent pas de questions.

Il y a quelques jours, Werner est descendu alors que le pasteur n'était pas là, un grand sac de jute sur l'épaule, bourré de ce qu'ils appellent *les munitions*. Il a ouvert la porte et la pièce n'était pas vide, la machine n'était pas seule. Karl a manqué de s'évanouir, il a lâché le drap blanc et s'est retourné, les mains derrière le dos, habitué à cacher ses cigarettes dans les poches de son pantalon.

« Si vous le dites au pasteur, je le dis à la police. »

12

Les trois garçons sont derrière elle. Elle a les mains ouvertes et les yeux presque fermés. Hannah court. Elle ne prête attention ni à la pluie qui trempe le sol et alourdit chacune de ses foulées ni à la ligne d'arrivée, une corde tendue au pied d'un arbre. Elle court de toutes ses forces, le cœur bouillant de rage, son sang comme un flot étranglé dans le goulot de ses veines, le tour de son corps en une pulsation.

À vos marques, Hannah a monté ses fesses comme elle avait appris. *Prêts*, les garçons se sont mis à rire, à s'esclaffer devant la petite sur leur ligne de départ. *Partez*, et Judith a crié quelque chose. Un mot peut-être, une prière.

Les garçons ont pris un meilleur départ. Elle les a vus plonger comme des nageurs, elle a vu leurs dos s'éloigner et prendre de l'avance, leurs bonnes foulées rappelant l'insignifiance des siennes. Devant l'effort à fournir pour rattraper ces corps lancés à pleine allure, ses muscles tétanisaient par anticipation. Hannah a senti la défaite approcher, les larmes lui venir aux joues, elle a pensé aux moqueries des vainqueurs qui l'attendraient de l'autre côté de la ligne. Trop petite. Trop petite. Elle s'est mise en colère. Indignée et furieuse, elle a accéléré. Il s'est alors produit quelque chose qu'elle avait déjà senti. Un bourdonnement. Une vibration. À la façon d'une fleur irradiée de soleil, Hannah a éprouvé la chaleur de son corps, les mouvements des garçons se sont alourdis. Elle a fermé les yeux quand elle est arrivée à leur hauteur et c'est à ce point de contact, à l'intersection de leur course que la fatigue l'a quittée. Elle s'est envolée.

Les trois garçons sont derrière elle. Loin, loin derrière. Hannah ne se voit pas franchir la ligne d'arrivée parce que ses yeux sont restés clos, elle continue à courir et disparaît au loin, à pleine allure, sans entendre la cheffe qui lui crie de s'arrêter. Les garçons la suivent des yeux pour ne pas croiser leurs regards : les hontes partagées ont une autre amertume.

Judith n'a pas cessé de hurler depuis qu'Hannah a pris la tête de la course, le visage radieux et la voix déchirée, ses petites mains crispées, ses jambes qui martèlent le sol comme un automate déglingué et le rire qui se mêle à ses cris, et les larmes et les mots qu'elle répète, trois mots sur la colline qui transpercent le ciel, trois mots que jamais elle n'avait prononcés avec autant de force. Avec autant d'amour.

« Elle a gagné. »

13

Peter Moehn s'est levé tôt pour préparer son petit déjeuner. Deux morceaux de pain aux graines qu'il referme sur une tranche de charcuterie. Il porte un débardeur blanc et un pantalon rayé, pieds nus, ses cheveux sont collés sur son crâne. Peter bâille en regardant la casserole d'eau à peine frémissante. Il la déplace, joue avec le manche, les quelques bulles qui remontent du fond disparaissent une à une. Il emballe son petit déjeuner et le fourre dans son cartable.

Dans la chambre, Inge dort encore. Derrière le rideau, on devine la ville au ralenti et les derniers instants de calme. Peter enfile une chemise beige, une cravate et une veste dont les couleurs sont assorties, il pose un baiser sur l'épaule de sa femme. Depuis la naissance de Michael, les bras d'Inge se sont épaissis. Son corps entier s'est épaissi, un menton plus fort a remplacé celui qui dessinait autrefois la ligne de son cou. Lorsqu'il étudiait à l'école du Parti pour la formation des cadres, un camarade plus âgé lui avait expliqué que les femmes, en enfantant, se transforment inéluctablement. Peter avait décidé de ne pas y croire, Inge était belle, il aimait le regard que posaient sur elle ses camarades de promotion, leurs tentatives de charme ne lui déplaisaient pas. On la désirait devant lui et chacun savait qu'elle lui appartenait. Peter les imaginait obtenir ce qu'ils voulaient, la finesse du corps d'Inge entre deux torses larges, son air apeuré et les regards qu'elle lancerait vers lui sans pouvoir contenir le plaisir qui monterait à ses joues. L'ami d'école avait eu raison. Inge a perdu de son éclat et toutes ses pensées se sont tournées vers les enfants. Ils n'ont pas fait l'amour depuis qu'elle a porté Michael. L'amour avec Inge ne manque pas à Peter.

La boucle écaillée, le cuir usé et les lanières effilées, son cartable noir est en mauvais état. Alors que son costume est neuf et que ses chaussures sont cirées, il gâche sa tenue. Peter hésite, jette un œil vers la mallette rouge d'Inge, neuve, se ravise. Elle ne s'en sert jamais. Il referme la porte sans faire de bruit et se dirige vers la centrale.

La centrale du ministère de la Sécurité d'État est un ensemble de bâtiments modernes, d'une architecture sobre et fonctionnaliste, un bloc brun bien agencé au cœur du district de Lichtenberg. Par beau temps, le soleil trace une ligne claire et se reflète sur la façade vitrée de l'édifice principal. Tout autour, le quartier reste calme du matin jusqu'au soir, les logements sont neufs, les bâtiments s'élèvent dans le ciel, on peut voir en été des enfants jouer autour des fontaines. Un paysage cubique tracé au compas et bâti au marteau. Le rêve de Peter. Le siège de la Stasi.

Après être descendu de l'ascenseur continu, Peter arrive à son bureau, s'assoit sur sa chaise et pose à côté de lui la mallette d'Inge dont il tire son petit déjeuner. Pour chasser le sentiment de culpabilité qui entame son humeur, il mord dans le pain, époussette consciencieusement les miettes sur sa chemise et se met au travail. Les journées importantes commencent la faim au ventre. Il ouvre son premier dossier.

Tout est encore nouveau, chaque répertoire, chaque abréviation, chaque méthode de classification lui est étranger. Tout ce qu'il lit doit être retenu, assimilé. Des notes de service communiquent les changements de procédure et Peter fouille sa mémoire pour y remplacer l'information apprise quelques jours plus tôt, déjà obsolète. Il lui arrive d'en rêver, son cerveau se livrant à une sorte de digestion, restituant un ensemble de mots et de concepts inédits. À son réveil, il s'inquiète de trouver ses souvenirs abîmés par la nuit, les acronymes inversés et les noms de ses nouveaux collègues effacés de sa mémoire. Il se livre à un court examen mental et découvre avec soulagement que tout est resté en ordre. Comme face à une étagère bien classée, il accède avec efficacité aux informations dont il a besoin, il sent ses connaissances accroître, il les sent pénétrer les tissus de son crâne et y laisser une trace exploitable.

C'est lorsqu'il voit son nom sur les chemises des documents que Peter s'autorise une pointe d'orgueil. *Peter Moehn, ministère de la Sécurité d'État*. En mouillant son index, il fait défiler devant lui les notes d'informations et les comptes rendus, essayant de ne pas se perdre. Il est question d'un directeur d'usine rapportant les propos hostiles d'une de ses employées. Une proposition de peine pour un poète du quartier de Prenzlauer Berg dont les textes appellent à la haine et au séparatisme. Un homme sous l'emprise de l'alcool, déguisé en clown de cirque dans une rue de Pankow, agressant les passants et urinant sur le trottoir.

Dehors, le soleil se reflète dans les fenêtres de la centrale. Peter est heureux de ne pas passer ses journées dans les rues sales qui bordent l'appartement. Il a promis à Inge de faire fonctionner la demande de logement mais refuse de donner, pour première impression, l'image d'un homme intéressé. Peter a horreur des calculateurs et des parvenus, il est exaspéré que sa femme soit prête à troquer sa réputation contre un peu de confort et quelques mètres carrés. L'inquiétude des femmes pour les sujets triviaux l'a toujours agacé. Le monde pourrait s'écrouler, la bombe tomber sur Berlin, Inge penserait aux vêtements des enfants, à l'humidité sur les murs et aux machines ménagères. Cet ensemble mesquin de tracas minuscules occupe toute sa tête, elle est remplie de ces petits sujets qui lui font concurrence. Peter se sent disparaître de l'esprit d'Inge, n'occupe plus dans sa vie qu'une place mineure. Lorsque sa mère est morte, c'est pour les enfants qu'elle s'est inquiétée, négligeant sa peine à lui, aveugle à son chagrin. Peter a pleuré seul, assis dans les toilettes du palier, le pantalon aux chevilles et la tête dans les mains. Une fois pour toutes, comme le font les hommes, une fois pour soi et plus jamais ensuite.

Depuis quelque temps, elle s'est mis en tête de venir en aide à une nouvelle amie, une femme épouvantable qui élève une gamine aux cheveux en pagaille, toujours l'air d'avoir dormi dans les vêtements du jour. Il n'y a pas de père, évidemment. Et comme cette femme abandonne sa fille quand elle travaille de nuit, la petite passe une soirée par semaine dans leur appartement. Inge y voit une occasion de se sentir indispensable, l'orgueil de ceux qui portent secours aux gens les plus douteux pour éprouver, à leur contact, leur supériorité. Pas un instant elle ne pense à la carrière de Peter, à l'exemplarité dont ils doivent faire preuve. Quelqu'un pourrait la voir en compagnie de cette femme qui pue l'ennemi d'État à cent lieues à la ronde.

14

Judith rit si fort que les muscles de sa vessie pourraient la trahir. Son ventre est contracté par une série de spasmes, elle regarde le clown torturer les passants. C'est une autre journée de soleil, le quartier se recouvre de couleurs tièdes, les pavés sont secs et les façades un peu plus belles. Judith est assise en bas de l'immeuble, le clown s'approche d'elle et, comme si elle était mendiante, pose une pièce entre ses jambes en essuyant la larme qui ne coule pas sur sa joue.

« Pour vous acheter une bouteille, ma pauvre vieille. »

Judith glisse la pièce dans sa poche, la sort et la redonne en demandant des tours. Le clown la récupère et la fourre dans sa bouche, il mâche en regardant le ciel, avale, et soulève sa langue en montrant ses dents jaunes pour prouver à Judith que rien n'y est caché. Le clown se frappe les joues, presse un doigt sur son nez et souffle de toutes ses forces jusqu'à ce que la pièce tombe de sa narine gauche. L'attrapant au vol il la place sur son œil, fronçant le sourcil pour la tenir en place. Cette fois, Judith a laissé s'échapper quelques gouttes. Elle a évité le pire.

Aujourd'hui, le clown Werner porte un chapeau sur la tête, un vieux feutre aux bords gondolés, taché de maquillage. Sa chemise contient difficilement l'énormité de son ventre, le tissu dessine une étoile de plis autour de chaque bouton. Judith lui indique quelqu'un du doigt, un travailleur en salopette grise et casquette de laine, une prochaine victime. Le clown s'approche sur la pointe des pieds et Judith l'encourage en claquant ses chaussures contre le pavé du trottoir, les jambes croisées pour se retenir plus longtemps.

D'un geste vif, le clown échange son chapeau avec la casquette du travailleur. L'homme s'étonne d'abord, comprend qu'il a affaire à un fou et ôte le chapeau de sa tête en lui demandant de récupérer le sien. Le clown s'exécute et, à peine la casquette ajustée sur son crâne, l'homme la sent s'envoler à nouveau, remplacée par le chapeau de feutre enfoncé jusqu'aux sourcils. Cette fois, il s'énerve. Il insulte et rougit. L'homme arrache sa casquette des mains du clown et la scène se répète, encore et encore jusqu'à ce que le travailleur, perdant le fil, se coiffe lui-même du mauvais chapeau.

« Il t'a eu ! Il t'a eu ! »

Même le clown s'est mis à rire, ses gros doigts devant les lèvres, un air de vieille dame. Judith place ses mains autour de sa bouche pour amplifier sa voix.

« Pauvre con ! »

L'homme se retourne vers le clown. Pour effacer le sourire accroché à ses lèvres, il le frappe de toutes ses forces, la main dure, un bruit de ballon qui éclate et l'envie de le finir à terre, un coup de pied dans le dos, la tête en tenaille entre le sol et le poing. Le travailleur se ravise et, pointant Judith du doigt, lui dit de rentrer chez elle. Elle regarde le clown qui se relève, la respiration lourde, puis disparaît sans un regard pour elle.

Avant qu'elle ne pousse la porte d'en bas, une main attrape son épaule et la fait sursauter. Karl lui demande ce qu'elle fait là, elle répond que ce ne sont pas ses affaires. Le garçon serre un peu plus fort, elle lui dit d'arrêter et Karl se met à rire. Le rire de ceux que la faiblesse amuse. Il répète sa question, et Judith répond qu'elle habite là, qu'elle doit rentrer, qu'elle est en retard. Comme à un petit chien, il lui ébouriffe la tête en l'attirant contre elle, le rouge lui monte aux joues, elle se sent humiliée.

« Tu ne m'as pas payé, la dernière fois. »

Il lui a sauvé la vie et elle n'a rien donné en échange, ni elle ni sa mère. Karl ne veut pas d'argent, c'est avec autre chose qu'elle pourra le payer quand elle sera plus grande. Il se penche vers son oreille, quelques mots chuchotés, un secret entre elle et lui.

Alors qu'il s'est retourné, qu'il a traversé la rue et rejoint l'autre trottoir, Judith sent encore ses lèvres contre son oreille. Le bruit mat de la salive dans le vide de son tympan. L'épouvantable mystère des mots que l'on comprend à peine. Elle relâche les muscles de son ventre et une chaleur liquide s'écoule le long de ses jambes.

15

« Tu sais où je travaille, Inge ? »

Elle lui a dit qu'elle passerait la soirée chez Rita et il a posé sa question avec un sourire froid, il l'a répétée jusqu'à ce qu'elle lâche le nom complet du ministère de la Sécurité d'État. Le silence qui a suivi, Peter souhaitait qu'il soit marqué dans l'espace, qu'il encercle de vide la réponse de sa femme. Assurer la sécurité de l'État, c'est rester éloigné de ceux qui en refusent les règles. Les marginaux, les ennemis, les traîtres, les impérialistes et les asociaux. Les femmes sans mari. Les enfants sans père.

« Tu sais ce qui arrive quand on se renseigne sur ce genre

de personnes ? Ce qu'on déterre en posant la moindre question ? On déterre de la merde. Des punaises derrière un mur. »

Elle a voulu savoir s'il parlait des murs d'ici, humides et sales, ou de l'appartement qu'il leur avait promis et qui ne venait jamais. Inge se comportait comme une petite pute de l'Ouest, impatiente et capricieuse. Une femme de cadre passant sa soirée avec la vieille Rita et ses dents pourries. Soit elle était inconsciente, soit elle ne l'aimait plus. Inge a posé Michael dans son lit et elle a pris Judith avec elle. Avant de claquer la porte, elle a dit qu'il suffisait de ne pas y mettre les mains pour éviter de déterrer la merde.

Rita a eu honte de l'accueillir chez elle. Elle s'est excusée de presque tout. Le désordre, les vitres poussiéreuses, les verres trop peu nombreux qu'il faut laver au fur et à mesure, l'odeur de renfermé et le désordre encore, l'étroitesse des murs, l'abrupt de l'escalier, le bruit au-dehors et le mauvais temps. Hannah et Judith se sont enlacées, Rita a regardé sa fille étaler le baiser sur sa joue d'un mouvement d'épaule.

Elles dorment maintenant. Leur énergie de petite fille n'a pas résisté à la fatigue de l'école, aux leçons et aux courses, aux secrets à faire passer. Elles ont arrêté de parler, ignorant d'un seul coup tout ce qui les entourait, assommées de sommeil. Les deux femmes ont allumé une radio bricolée dont chaque pièce semblait avoir une origine différente. Une antenne tordue, un pied plus court que l'autre, un son bardé de cicatrices. Tout est comme ça, chez Rita. Raccommodé, rafistolé, une ficelle sur une vis et une rustine bouchant le trou. Tout lui ressemble.

Rita a posé deux petits verres sur la table qu'elle a remplis d'une liqueur transparente au parfum de fruits. Une goutte s'est échappée, lourde, lente, sucrée. Inge essuie son verre d'un mouvement de doigt, comme on nettoie le menton d'un enfant, et pose dans sa bouche la goutte récoltée. Un baiser sur le rebord de son index et la piqûre de l'alcool. « C'est fort. » Rita approche son verre du sien, on trinque, un tintement qui annonce le début du concours.

Le concours national de Schlagermusik de la République démocratique allemande est retransmis à la radio, on entend le sourire séduisant du présentateur, on imagine un costume clair, peut-être une de ces chemises à la mode qu'osent certains hommes désormais. Les foyers qui possèdent un téléviseur en profitent encore mieux. En coulisse les chanteurs se préparent, échauffent leur voix et se prennent par la main pour supporter le trac. Les applaudissements du public coulent du poste comme de grosses gouttes de pluie sur une plaque de tôle. Le présentateur remercie ceux qu'il est obligatoire de remercier, les applaudissements redoublent à l'énoncé de leur nom, on ajoute un mot fraternel pour les téléspectateurs de l'Union soviétique et de la République populaire de Hongrie. Rita et Inge ont fini leur premier verre, la bouteille de liqueur est encore pleine, elles se resservent et trinquent à nouveau pendant qu'on présente le jury : deux responsables culturels, un directeur d'usine, quatre représentants des troupes au sol et un ancien chanteur pas encore oublié. La musique commence. Elle emplit le petit appartement de Rita et s'infiltre dans les rêves d'Hannah et de Judith. Une batterie, des guitares, un rythme qui s'esquisse et les voix doucereuses d'un couple d'amoureux. Saccades brisées, joie sautillante, peines inévitables et moments en couleurs.

Reviens-moi vite, petite,
Sans toi je suis une goutte contre la vitre.

Rita pose une main sur son torse en fermant les yeux, elle imite le couple qui s'embrasse dans le poste, finit son deuxième verre plus vite que le premier. L'alcool engourdit les lèvres d'Inge, elle sent un sourire alourdir sa bouche et boit pendant que les chansons défilent. Rita la fait rire, elle massacre les airs avec sa voix cassée et décrit les visages invisibles des chanteurs.

« Belle. Moyennement belle. Moins belle que toi. Lui il est vilain, ça s'entend tout de suite. »

Elles jouent les critiques, moquant le présentateur et ses transitions ridicules. Elles n'en perdent pas une miette, traversées d'une énergie qu'elles inventent, qu'elles trouvent au fond d'elles-mêmes comme une dernière réserve. Rita a les muscles en miettes, le corps trop dur et les os enflammés. Chaque geste lui fait mal, chaque rire la fait tousser. Son visage a quinze années de plus qu'elle, creusé de rides à quarante-quatre ans. Inge n'a pas dormi depuis la naissance de Judith. Toute l'inquiétude du monde est pendue à ses cernes, sa vie ressemble à un demi-sommeil, une liste infinie dont elle raye les tâches moins vite qu'elles n'y apparaissent.

Elles rient pourtant. Elles s'amusent et boivent trop, se servent encore et se laissent tomber contre le dossier des fauteuils, bien décidées à ne pas manquer l'occasion d'être heureuses. Et puis la voix d'une femme traverse la radio, une voix à laquelle elles ne s'attendaient pas. Triste. Grave. Le piano qui l'accompagne s'est arrêté, comme si la partition n'était pas la bonne, comme si la chanteuse avait changé d'avis au tout dernier moment.

Je suis partie ce matin.
J'ai quitté sans un mot tous ceux qui m'ont aimée,
J'ai couru les pieds nus, l'espoir dans la forêt
Battu par les branchages.
Et je me suis assise.
Sans les voix, sans les cris, sans le bruit qui toujours m'accompagne,
Je me suis allongée au bord de la rivière et
J'ai rempli mes poches avec des galets noirs.
Beaux, comme des soleils éteints.
Je me suis laissée couler,
Je me suis laissée mourir
Sans raison peut-être.
Peut-être parce que j'étais si fatiguée.
Je suis partie ce matin. Je n'ai pas voulu vous dire au revoir.

Inge s'est mise à pleurer et Rita a senti sa gorge se serrer. Le présentateur s'est excusé, on a fait jouer la chanson au programme, les rythmes enjoués sont revenus, recouvrant les cris de la chanteuse qu'on emmenait. Inge aurait voulu la voir, la prendre dans ses bras, se consoler en la consolant. Elle laisse échapper un hoquet en reprenant son souffle et Rita se lève pour la serrer contre elle.

Elles se tiennent assez fort pour sentir leurs soupirs au travers de la peau, Inge aimerait dire que tout va bien, que la chanson l'a émue parce qu'elle a trop bu, bêtement. Qu'elle va rentrer avec la petite, merci pour tout, merci encore. Elle ne dit rien pourtant. Elle continue de pleurer, effrayée par les larmes qui s'échappent sur son cou, leur flot inextinguible. Le présentateur annonce les noms des gagnants. Frank, Chris, Andreas, Erika, Gerti. En pressant ses mains contre le dos d'Inge, Rita promet que la vie sera toujours belle.

16

Elles se sont choisi un nom : l'équipe des colibris. Hannah, Judith et les deux grandes, Bärbel et Gitte. Bärbel pousse la brouette, Gitte charge les vieux papiers et les deux petites doivent les aider. Elles se sont mises en route une fois que les rôles ont été distribués, personne n'a obligé Hannah à chanter la chanson.

La collecte se fait par groupes de quatre, et même s'il ne s'agit pas d'en faire une compétition, chacune sait que l'équipe qui rapportera le plus de vieux papiers sera félicitée par la cheffe. Il y a tant de choses que l'on peut faire avec ce qui semble trop usé. Il suffit d'un peu d'effort et d'astuce. Il suffit, comme toujours, de travailler ensemble et de s'organiser. La cheffe a expliqué que des machines modernes écrasent, humidifient et forment des boules de pâte qu'on étale sur une plaque et qu'on met à sécher, les vieux papiers reviennent comme neufs, on peut y imprimer le journal, les magazines, absolument tout. Son père est contremaître dans une usine qui s'occupe de ce genre de choses, elle est donc bien placée pour en parler, il a été décoré pour l'excellence de son travail. Rien n'est perdu, rien n'est gâché. Et les premiers maillons de cette grande chaîne, ceux sans qui rien de tout ça ne peut exister, ce sont eux, les Jeunes Pionniers, les petits avec les grands, main dans la main et toujours prêts.

Bärbel chante aussi fort que les autres, sans perdre son souffle malgré le poids des papiers qu'elle transporte. Alors que sa main est posée sur le bord de la brouette pour aider au guidage, Hannah ressent l'envie furieuse de grandir, changer, devenir celle qui pousse. Gitte est drôle et bavarde, c'est elle que Judith envie.

Les grandes, qui n'en sont pas à leur première collecte, savent que les vieux papiers sont chez les vieux. Les familles, les amoureux n'ont pas le temps et ne sont jamais chez eux. C'est les vieux qu'il faut viser, souvent en rez-de-chaussée, on les reconnaît aux rideaux sales et aux étagères couvertes de cochonneries, aux odeurs de cornichon. Gitte se charge de parler, les petites n'ont qu'à sourire et continuer de chanter.

« Vous êtes trop mignonnes, ils ne pourront rien nous refuser. »

Sinon Bärbel propose qu'on les dénonce et ils finiront au fond d'un trou.

Gitte est magistrale. Elle sonne aux bonnes portes, prend une voix digne ou ingénue selon la situation, amicale ou officielle, elle hypnotise et, d'un signe de main, fait venir le groupe pour soutirer de l'appartement des piles de vieux journaux, brouillons, tout un tas de morceaux déchirés qui s'empilent sans que Bärbel faiblisse. Judith chante, elle tient dans sa main celle d'Hannah.

À un croisement, Karl les attend. Hannah sent les doigts de Judith devenir mous, humides, elle se dégage et disparaît derrière Bärbel. Dans sa bouche, une cigarette qu'il crache au sol quand elles arrivent. Gitte lui concède un salut de soldat, patiente, mais Karl ne se pousse pas et inspecte la brouette des yeux.

« Vos copines, deux rues plus loin, elles en ont le double. »

Gitte se retourne, une grimace sur le visage, son nez s'empâte jusqu'à ressembler à un groin.

« On est bien contentes pour elles. »

Alors Karl continue de sourire, il prend une autre cigarette et l'allume comme s'il avait l'habitude.

« Toi peut-être, mais pas les petites. »

Bärbel soulève la brouette un peu plus haut, elle commence à perdre patience, soit il s'écarte soit elle l'écrase. D'un mouvement du bras, il leur indique que la voie est libre, il s'excuse de les avoir dérangées, il s'inquiétait pour les petites parce qu'il sait qu'elles seraient trop malheureuses de rapporter un tas si misérable. En passant à côté de lui, Gitte demande à Karl pourquoi il ne s'occupe pas plutôt de ce qui le regarde. Il pointe Judith du doigt et sourit aux trois autres.

« C'est ma petite amoureuse. »

Judith a tenu à ce qu'on fasse ce que Karl proposait. Il a parlé d'un endroit, une véritable réserve de papier, un tas presque infini qui ne demande qu'à être collecté. Il veut juste aider et il n'a pas menti, l'autre équipe a fait bonne pêche, quatre sacs en une fois, elles s'apprêtent à rentrer mais il est encore temps de les battre. Il suffit de le suivre, il n'y a pas de triche puisque ce sont de vrais vieux papiers qu'il faut bien ramasser, sans quoi ils finiront Dieu sait où. C'est ce qu'il a dit. « Dieu sait où. » Alors Bärbel a demandé s'il était le fils du pasteur Harald Ziegler et Karl n'a pas répondu.

« Je sais qui tu es. »

Maintenant, ils sont devant l'église et Karl leur demande de ne pas l'accompagner. C'est une belle église rouge entourée d'un parterre de gazon. Karl est passé par une entrée plus petite, sur le côté, les filles l'attendent en silence.

La porte de l'église s'ouvre et Karl sort, la tête rougie d'effort, traînant un gros sac en jute sur le sol. De quoi remplir deux brouettes. On ne vient pas l'aider, Judith reste en arrière et les grandes le regardent s'épuiser, un léger sourire aux lèvres. Karl ne prend pas le temps de se vexer, il faut décharger, redescendre le sac au sous-sol, bien refermer avant de cacher la clé sous la dalle du fond. Il a l'habitude de prendre les risques pendant que les autres s'amusent, légers, ignorants de ce qu'il risque. De ce qui arrivera si le pasteur découvre qu'on a fouillé la salle et volé un des sacs. S'il apprend que son fils a trouvé ce qu'il cache. Elles, elles n'en savent rien. Mais quand il vide dans la brouette assez de papier pour faire tourner une imprimerie, quand les feuilles qui s'échappent en un flot blanc et brun impressionnent les petites et agacent les grandes, Karl se dit qu'il a bien fait.

Ce qu'il leur offre, c'est l'abondance.

17

Dans la largeur immense de l'avenue défilent les chars de l'armée populaire nationale. Leurs canons vigoureux dressés vers le ciel et le bruit de leurs chenilles, parfaitement synchrones. Peter place une main en visière au-dessus de ses yeux et demande à Inge si elle voit bien, la même question depuis qu'ils ont trouvé leur place, elle répond qu'elle voit tout. Peter liste quelques-unes des caractéristiques des chars, il y aurait tant à dire. Les chars allemands n'ont rien à envier aux américains, tant sur le plan de la balistique que de la maniabilité. Leur atout principal, comme il aime à le rappeler, c'est la nationalité de leur pilote. Les rires que provoque sa plaisanterie le font rougir, il se penche vers le cou d'Inge et y pose un baiser.

La lenteur des machines ferait presque oublier leur puissance de feu. Ceux qui ne les ont jamais vues à l'œuvre ne peuvent imaginer l'agilité de leurs déplacements, la précision de leur visée et la cadence de leurs tirs. Comme s'ils naviguaient sur un lac tranquille, les pilotes font disparaître les chars dans la perspective infinie de l'avenue, silencieuse jusqu'au commencement de la musique. Une note, un coup de baguette sur la peau d'un tambour et l'harmonie des trombones, vibrant dans la poitrine de Peter.

« Tu les vois Inge ? Tu les vois ? »

Et comme Inge est belle et qu'il se sent heureux, Peter la prend par la taille, la soulève, les bras tremblants, prêt à tenir aussi longtemps qu'il faut. Elle pousse un cri, se retourne et plaque ses mains sur les joues de son mari.

« Repose-moi. »

Sur les lèvres de sa femme, Peter dépose un autre baiser qu'Inge accepte, furieuse contre elle-même de toujours pardonner. Amoureuse encore de l'adolescent joyeux dont elle aimait le rire, une lumière blanche qu'elle surprend parfois dans ses yeux, comme un bon souvenir.

Apparaît alors un engin inconnu, les roues larges et de grandes suspensions, dont le conducteur, le corps à moitié en dehors, salue la foule de son regard fixe. Un missile est dressé sur l'engin de propulsion, la perfection lisse de son matériau caressé par un rayon de soleil.

« C'est pour ça qu'ils ne tireront jamais les premiers. Ils savent ce qui les attend. »

Peter est envahi d'un sentiment trop fort, il sent vivre en lui chaque homme qui défile sur l'avenue. Une nation, une certaine idée éclatée en cristaux dont chacun possède un morceau dans sa poche. Peter plaint ses ennemis alors que rayonne la force d'une république unie, un peuple dont le pays a été humilié, rasé, meurtri, puni et gangrené par ce que la haine et la pauvreté produisent de plus sombre. Un peuple bâtisseur, rebâtisseur, érigeant un futur à partir des décombres. De l'avenir à partir du néant. Il se presse contre le corps d'Inge et ferme les yeux un moment. Une joie. Une fierté.

Des soldats aux jambes droites, pointillés géométriques, se déplacent comme un vol de pigeons migrateurs. Le regard et le visage dignes, ils précèdent une petite foule bien différente. Les Jeunes Pionniers tiennent au creux de leur main un autre foulard bleu qu'ils agitent en marchant. Ils sont classés par taille, les petits d'abord et les grands ensuite, chemise blanche et short court. Ils chantent l'Allemagne, ses forêts et ses lacs, la courbe de ses rivières. Ils chantent les guerres, le sang versé dont s'est abreuvé le drapeau. Ils chantent les femmes et les hommes, les larmes et la sueur. Ils chantent leurs mains d'ouvriers qui ont bâti le monde. Ils chantent l'industrie, le charbon, les machines.

Ils chantent l'entraide et la joie. Ils chantent les frères et les sœurs, les camarades qui dans d'autres pays entonnent les mêmes refrains.

Et Peter la voit. Ses longs cheveux noirs, son visage que trouble la distance, le foulard qu'elle fait voler.

« C'est Judith ! Tu la vois ? »

Il n'entend pas la réponse d'Inge, absorbé par l'image de sa fille dont il ignorait qu'elle avait tant grandi. Debout, en marche. Sa voix un instrument de plus dans l'orchestre mouvant, Peter jurerait qu'il l'entend. Qu'il sait différencier le timbre pur, si familier. Elle a toujours chanté juste, il en est presque certain. Elle est entourée par des mines ravies, de beaux enfants épanouis. Alors Peter se sent vieillir pour la première fois de sa vie, soulagé de savoir que la beauté du monde lui survivra. La force de son pays dans la voix de sa fille. Judith passe, son profil caché par un autre profil, celui d'une gamine aux cheveux bouclés. Il se tourne vers Inge, perçoit son inquiétude, et décide simplement de ne pas en parler.

Au loin, les machines blindées se sont transformées en points de couleur, l'éclat du missile brille une dernière fois, la marche des soldats rythme les applaudissements et la perfection des enfants fait monter une larme que Peter laisse couler sur sa joue. Demain avance vers l'horizon. Demain est une promesse. Demain, Peter consultera la liste des personnes qui se sont soustraites à l'obligation d'assister au défilé.

18

Il maudit la boule coincée dans sa gorge. Les cris de son père ont encore trop de prise sur lui, sa colère l'écrase. Karl se concentre pour garder les yeux secs et ignore les plaques de chaleur qui colorent sa peau. Il ne pleurera pas. Il ne pleurera pas. Le pasteur donne l'ordre avec un calme terrifiant.

« Va la chercher. »

Elle est toujours à sa place, dans le premier tiroir de la commode en bois.

Karl a pourtant remis la clé sous la dalle, il a pourtant caché le sac vide. C'est le vieux Werner qui a dû le dénoncer, un moment il a tenu sa langue mais il a fini par se rouler dans les jupes du pasteur. Il ne faut jamais accorder sa confiance, et ceux qui les insultent ne sont pas différents des porcs de la Stasi. Werner n'est qu'un traître de plus. Un clown incapable de réparer quoi que ce soit, alcoolique monstrueux qui lui vole son père.

Le secret du pasteur, c'est une presse à platine qu'il cache sous l'église. Karl l'a découverte il y a déjà des semaines, une presse qui sert à imprimer les journaux, les affiches, toutes les choses qu'il est interdit d'imprimer. Une machine cassée, énorme, coincée au milieu des sacs de jute, et assez de papier pour recouvrir de tracts toutes les rues de Berlin.

Dans le tiroir de la commode en bois, Karl prend la ceinture de cuir et l'apporte au pasteur. Elle est lourde, terminée par une boucle qui ressemble à la poignée d'un fouet. Karl descend son pantalon et baisse sa culotte. Il fait face, soutient le regard, pour que son père sache que la peur le quitte à mesure que les années avancent. La force changera de camp. On entend un claquement, du cuir sur de la peau, le gémissement d'un enfant à qui l'on fait du mal.

Sur ses joues, pas une larme.

19

Une cascade noire de cheveux trempés. Une matière souple, unie, que la brosse sépare en une infinité de fils. Elle épouse la courbe de la tête et caresse la base du cou, lentement, puis le haut des épaules et le coton du pyjama, mouillé des gouttes que produisent les pointes noires de Judith. Hannah répète ce mouvement à l'infini, elle écoute le bruit sourd des cheveux démêlés, élastiques que l'on craque, dégrafe le nid qu'ils forment sur la brosse et le cache dans sa poche.

Michael, allongé par terre, regarde sa sœur assise sur le rebord du lit, une jambe d'Hannah de chaque côté de son dos et les cheveux en arrière. Il attrape une bille de bois trop large pour sa main et la presse contre ses yeux. Depuis qu'il passe une partie de sa vie debout, les joues de Michael se sont affinées, son ventre est un peu moins rond et les baisers de sa sœur se font un peu plus rares. La nuit, ses rêves sont envahis par les mots qu'il apprend, par ceux qu'il entend mal et ne parvient pas à prononcer. Il se vexe quand on ne le comprend pas et crie quand on le fait répéter. Judith est la seule qui parle sa langue sans erreur, elle traduit parfois ses mots pour les autres. Il s'approche du lit, escalade, et s'appuie sur les grandes sans que leur mouvement change.

Judith a l'idée d'un jeu, alors Hannah arrête de lui brosser les cheveux pour écouter les règles. Le but est de révéler un vrai secret, les faux secrets ne comptent pas, et il faut révéler à chaque tour un secret plus grave que le secret précédent.

On laisse Michael essayer même si cela requiert un peu plus de patience. Il commence par se taire, intimidé, avant de dire un mot ou de pousser un cri. Les grandes ne prennent la parole que quand elles sont certaines que Michi a fini. Il est question d'une bêtise, d'un gros mot. Michael passe son tour, fasciné par ce qu'il entend, osant à peine comprendre. Les secrets deviennent plus lourds, on parle d'une mauvaise chose qu'on a dite à sa mère, d'un livre dont on a abîmé les pages.

« J'ai colorié les trous. J'ai arraché un coin. »

Et le jeu continue.

« J'ai mangé un cafard. J'ai tapé Michael. »

Comme une curiosité, un appétit de dire, un désir de savoir.

« J'ai volé. J'ai menti. J'ai caché. J'ai craché. »

Il y a le ventre d'Hannah contre le dos de Judith. Une tristesse soudaine sur la bouche de Michael. Le bruit de la salive qu'on avale, une respiration derrière soi, trop près, et la brosse qui tombe sur le sol.

« Je n'ai pas de père. »

« J'ai tué ma grand-mère. »

20

Sur l'Alexanderplatz, on entend le bruit des marteaux, le béton que l'on coule et l'acier que l'on plie. Au sol, un entrelacs de trous, de buttes, de drains et de vérins, monstruosités artificielles qui précèdent l'architecture de la grandeur. Les symboles d'une nation socialiste pendent aux bras des grues, carreaux de faïence et bas-reliefs, bientôt dominés par la tour de la télévision dont seul le pied est entièrement bâti. On le coiffera d'une boule d'acier, un double de la lune attaché à la terre.

À l'usine, devant le tapis automatique, les yeux de Rita essayent de ne pas perdre le rythme. Un moment d'inattention et tout devient flou, les couleurs des câbles se mélangent, s'assemblent, on ne distingue plus qu'une trace torsadée, le mouvement constant de fils infinis. C'est vers la fin de la nuit qu'elle a le plus de mal. Il y a la fatigue, le cerveau écrasé de répétition et les muscles qui lancent. Elle trie. Elle repère les défauts, les morceaux, balance dans la rigole les mauvais éléments. À l'usine comme ailleurs, on pèse, on mesure, on évalue. Tout ce qui ne correspond pas finit jeté, ou détruit.

Inge entre dans le magasin et son esprit se vide. Un blanc. Un trou. Elle regarde autour d'elle, l'air désespéré des amnésiques lorsque frappe une crise de lucidité. Elle ne sait plus ce qu'elle est venue acheter. Elle n'a aucune idée de ce dont ils ont besoin. Inge rejoue les événements de la journée, les repas de la semaine, l'image des placards. Elle cherche ce qui manque, ce qu'il faut remplacer, les pommes de terre, les caisses de bières, le beurre et l'huile, le sel de table, le vinaigre, le sucre ? Pour se donner une contenance, Inge remplit un sac de pain.

La liste de noms s'étire sur une colonne, une entrée par ligne et une ligne entre chaque entrée, Peter a demandé qu'on la dactylographie. Aucun de ceux qui y figurent ne s'est rendu au défilé, aucun n'a produit le moindre document pour justifier son absence. Nonchalance horripilante. Une recherche rapide, par index, lui permet de recouper les identités avec d'éventuels dossiers existants ou en demande d'ouverture. Rien aux A. Dès le début des B, Peter trouve une correspondance avec un homme de cinquante ans apparaissant sur une photographie, de trois quarts, assis sur un trottoir. Quelques mots-clés : alcoolisme, bagarre, fascisme. En passant son doigt sur le nom de Werner Behrens, Peter recopie chaque lettre sur un souvenir vierge, et fait une place au vieux clown dans le tiroir des noms à ne pas oublier.

Pour ne pas détruire la presse d'un mouvement de rage, Harald laisse tomber le marteau à terre. Rien ne le soulagerait tant que de frapper le fer avec ses pieds et ses poings, réduire en miettes le monstre de métal qu'il ne parvient pas à réparer. Il y passe ses nuits et Werner l'aide à peine. Il se confronte chaque soir à sa propre impuissance, à la presse cassée, à ses membres immobiles. Sa femme non plus, il n'a pas su la guérir. Ses gestes de pasteur ne l'ont pas empêchée de mourir devant lui. Les sacs de jute débordent du papier qu'il a acheté, optimisme d'amateur, impatient de pouvoir imprimer des piles de tracts assassins, de brûlots politiques. Le sous-sol de l'église est un dépôt de munitions inutiles. Un millier de cartouches pour un fusil bouché.

Werner est torse nu devant le miroir. Les mains sales, sa cigarette se consume sans quitter ses lèvres, il souffle la fumée par le coin de sa bouche. Il couvre son visage de maquillage blanc, chante un air en se balançant sur ses pieds. De deux doigts, il saisit la bouteille sur le rebord de l'évier et boit une longue gorgée. La poudre recouvre sa peau tout autour de sa bouche, masque sa mauvaise barbe. Werner transpire déjà. Il ne lui reste plus qu'à prendre le crayon rouge et à s'en barbouiller le nez, il ne reste plus qu'à sortir, semer un peu de trouble.

Pour son dîner, Karl a recouvert des tranches de pain d'une épaisse couche de Leberwurst. Un verre d'eau et une pomme. Il a fait sa vaisselle et a séché la table avec un torchon propre.

Il récupère la ceinture dans le premier tiroir de la commode en bois. Le contact du cuir sur sa peau le révulse. C'est un mal nécessaire. Il l'entortille, la roule et la déroule, il la fait onduler comme on dresse un serpent. Le cuir assoupli ne fait pas moins mal, mais les traces qu'il laisse marquent plus longtemps. Il est arrivé que le pasteur prenne pitié devant ses fesses encore rouges. Il est arrivé qu'il frappe quand même, c'est un pari à prendre. Les corrections de son père lui sont infiniment plus supportables depuis que Karl a le pouvoir, d'un mot, de l'envoyer en prison.

1975

1

Au bord de la rivière qui passe dans la ville, le petit Turc laisse sa balle lui échapper des mains. Deux rebonds sur le sol et la voilà qui roule, s'éloigne, disparaît dans la pente. Un choc contre une pierre la projette dans les airs et le petit Turc la voit s'envoler, légère, si lente tout à coup. Il regarde la courbe qu'elle forme dans le ciel avant de plonger dans l'eau, avalée tout entière et recrachée ensuite. Loin du bord, elle flotte à la surface en tournant sur elle-même.

Le petit Turc porte un pantalon bleu et un tee-shirt rouge aux manches trop serrées. En faisant attention de ne pas glisser, il est descendu dans la pente et s'est approché du bord. Comme il n'a trouvé aucune branche, aucun bâton assez long, il s'est mis à genoux sur la berge et il a plongé ses mains dans l'eau, ramant de toutes ses forces pour faire revenir la balle. Elle a frémi, de tout là-bas, dérangée par une onde venue jusqu'à elle. Elle a assez bougé pour qu'il se penche encore. L'eau jusqu'aux poignets, jusqu'aux coudes, jusqu'aux épaules. Encore un coup, la balle s'est rapprochée et son genou a glissé. Il est tombé tête la première dans l'eau verte de la Spree.

Karl l'aime comme on aime un cheval, sa mobylette. Il lui flatte le flanc et caresse la selle en cuir avant de l'enfourcher, avant de vider les gaz en se penchant sur le guidon. C'est une Simson rouge qu'il a choisie, presque trop belle pour lui, trop belle pour Berlin. Mais Karl l'a achetée alors elle est à lui. Il a dix-huit ans et gagne sa vie en vendant en cachette ce dont le pays manque, les genoux serrés contre sa petite moto.

L'affaire du jour se passe dans un immeuble vide au bord de la Spree, tout près de la frontière. Il faut rester prudent lorsqu'on s'approche du mur, rester calme et ne pas s'attarder. Il gare la Simson contre le trottoir vide, s'empêche de regarder par-dessus son épaule et ouvre la porte de l'immeuble. La serrure a été défoncée il y a longtemps déjà, on peut voir le couloir à travers une fissure dans le bois. Karl monte au quatrième étage, Willi ouvre sans le saluer. C'est un homme de petite taille, une barbe drue descendant jusqu'au cou et des lunettes épaisses. Karl le suit, contournant un trou dans le plancher, soufflant la fumée de sa cigarette vers le plafond gorgé d'humidité. Willi s'accroupit près d'une malle, soulève les loquets et s'écarte pour le laisser inspecter le contenu. Les objets disparates lui rappellent la boîte qu'il gardait secrète quand il était petit, les cigarettes volées et la tablette de médicaments. Karl fouille d'un geste distrait, il soulève les carreaux de faïence et les magazines érotiques, les livres américains, une paire de jumelles et une lampe de poche.

« Je prends la lampe et les carreaux. »

Les carreaux se revendent facilement, la lampe est pour lui. Il voulait du café mais l'homme assure qu'il n'en a plus.

« Rupture. »

S'il y avait des ruptures à l'Ouest, le mur serait tourné dans l'autre sens. Willi a vendu à d'autres ce qu'il avait amené pour lui, au détail, trafiquant de fin de semaine suant à grosses gouttes devant le douanier alors même que ses papiers sont vrais, hésitant à remplir le coffre, négociant sa camelote avec les gens de l'Est comme on secoue des pacotilles au nez d'un chef indien.

Il annonce un prix pour la lampe et Karl se met à rire, soufflant sa fumée sur son visage d'intellectuel raté. Willi fait mine de refermer la malle d'un geste de théâtre, alors Karl se penche vers lui, une main sur sa nuque, son sourire un peu plus large.

« Tu es dur en affaires, toi. »

Il serre jusqu'à extraire un peu de peur du regard de Willi. Tout le monde sait ce dont Karl est capable, l'état dans lequel il se met quand il est colère. Comme il achète de tout et en toutes circonstances, Willi accepte de négocier le prix, la tension redescend. Karl remplit son sac avec les carreaux de faïence et glisse la lampe dans son manteau.

« Je prends les jumelles en plus et je paye la prochaine fois. Avec le café. »

Willi ne proteste pas, Karl chausse les jumelles et plonge son regard à travers une fenêtre.

De là-haut, il voit la Spree couper le paysage en deux. Une ligne verte entre le mur et le quartier de Kreuzberg. À gauche, les briques rouges de l'Oberbaumbrücke, le reste de la ville à droite, les lacets des rues se cognant contre la frontière grise. Karl balaye les quais, à l'Ouest, le Gröbenufer et les familles turques aux balcons des immeubles. Les jumelles sont bonnes, il devine un peu du pays d'en face, il voyage sans passer le mur.

Là-bas, un chien qui renifle un arbre, sa démarche excitée et les mouvements de sa queue. Une femme qui charge le coffre d'une voiture et une troupe d'enfants qui jouent sur le trottoir. Un peu plus loin, un tout petit garçon courant après une balle qui roule dans la pente, rebondit et s'éloigne. Le petit garçon s'accroupit près du bord et plonge ses bras dans la Spree.

« Qu'est-ce que tu regardes ? »

Willi est toujours là, sa malle refermée, l'air affolé d'un gamin qui ne veut pas descendre seul.

« Casse-toi, Willi. »

Karl replace les jumelles sur son nez en essayant de retrouver la trace du garçon. Il fait le point à nouveau, suit le quai, le chien, la voiture, les enfants. Le petit Turc n'est plus là. Entre la berge et la balle flotte une forme rouge et bleu. Un dos, l'arrière d'une tête, une auréole de cheveux à la surface de l'eau.

Une minute peut-être s'est écoulée, peut-être beaucoup moins. Les œilletons des jumelles enfoncés dans ses yeux, Karl regrette de ne pas avoir compté. Il est en apnée, lui aussi. Combien de temps peut-on vivre sans respirer ? Au début, il n'y avait rien d'autre que le garçon et sa balle. Le cours de la Spree, indifférente aux accidents, le vent dans les arbres et personne pour remarquer que quelqu'un manque. Et puis Karl a vu deux soldats, deux gardes à la frontière qui pointaient leurs doigts vers la silhouette rouge et bleu. Avec des jumelles plus lourdes que les siennes, ils ont balayé la même zone et Karl s'est senti rassuré, départi d'un étrange sentiment de responsabilité.

Rien.

Les soldats n'ont pas bougé. Pourtant, le garçon flottait encore, le visage dans le fleuve. Ils n'ont pas bougé jusqu'à ce qu'un attroupement se forme sur le quai d'en face, à l'Ouest. Eux regardaient la même chose. Semblaient crier quelque chose. Mais personne n'a plongé. Pour lui-même, Karl a prononcé des mots anxieux, des questions du bout des lèvres.

« Qu'est-ce que vous attendez, bon Dieu ? »

Personne ne saute parce que c'est interdit. Personne ne sauve, la frontière longe la rive et il n'est pas envisageable de la franchir. C'est dans un espace étrange que sont tombés le garçon et sa balle. Une fissure entre deux mondes dans laquelle les choses se perdent.

Une heure peut-être s'est écoulée, certainement pas beaucoup moins. Karl comprend qu'il est mort. Le petit Turc s'est noyé devant lui et les soldats de l'Est n'ont pêché sa dépouille qu'au début de l'après-midi. Sa balle, personne n'a pensé à la récupérer.

2

Département
cadres et formation

Berlin, 14 juin 1975

Département des cadres 1/3

Avis sur la proposition de nomination du camarade Moehn, Peter PKZ 060856 3 1775 7, HA IX/2, au poste de chef d'unité, et son reclassement dans le VS XIV à compter du 1.9.1975

Le camarade Moehn fait partie de la réserve de cadres chefs d'unité et a été préparé de manière ciblée à assumer cette fonction, conformément aux dispositions de la proposition d'admission dans la réserve de cadres.

Au cours de ses années d'activité au sein du ministère de la Sécurité d'État, il s'est continuellement amélioré et a toujours rempli les tâches qui lui ont été confiées avec engagement et fiabilité. En tant que chef d'unité adjoint et remplaçant du chef d'unité, il a prouvé qu'il était capable de diriger un collectif et de le motiver à fournir des prestations de haut niveau.

Il a obtenu un diplôme universitaire et est diplômé de l'école du Parti, ce qui lui confère le niveau de formation requis. L'évaluation de l'unité de service est considérée comme pertinente.

Les points à prendre en compte dans la politique de nomination des cadres n'ont aucune influence sur la

nomination envisagée du camarade Peter Moehn au poste de chef de service.
L'organe des cadres approuve donc la nomination et le reclassement au sein de la VS XIV.

Chef d'unité
H. Stahl

Instructeur des cadres
P. Seeger

3

Un à un, les doigts d'Hannah se replient sur sa main tendue.

« Cinq, quatre, trois… »

Dans l'interstice de ses phalanges se dessinent les rebords du bassin, ovale de béton au milieu de l'avenue. La fontaine en son centre qui va bientôt s'allumer.

« … deux, un. »

Sur son poing fermé, seul l'auriculaire reste encore dressé, dernier avant la fin du décompte. Elle hésite, elle cherche à deviner le moment précis où la fontaine se mettra en route, elle cherche à réussir une parfaite synchronisation. Encore un instant. Encore une seconde. Elle tient jusqu'à ne plus en pouvoir, jusqu'à baisser enfin le tout dernier doigt.

« Zéro ! »

Un grondement, quelques bruits de tuyaux, un éclaboussement timide et un jet magnifique qui s'élève vers le ciel. Pour son excellent timing, Hannah exige d'être félicitée. Alors Judith applaudit, une cigarette au coin des lèvres.

Quatorze ans. C'est l'âge qu'elles ont toutes les deux. Les autres ont commencé à se réunir en groupes, on parle comme les adultes et il est même question d'amour. Les garçons se montrent un peu moins brutaux, certains sont aussi beaux que les filles, on s'imagine des histoires importantes. On dit que Thomas et Birgit se sont embrassés derrière l'usine de câbles. On dit que Maria suce le truc des élèves de 10e pour de l'argent. On dit que Manfred et Matthias sont des obsédés, qu'ils accrochent des miroirs à la pointe de leurs chaussures pour y voir le reflet des culottes sous les jupes.

« Croisez les jambes, voilà Manfred et Matthias. »

Hannah et Judith ne se mêlent pas de ces choses. Grandir, c'est oublier ; il n'y a rien dans leur amitié qui mérite d'être oublié. Ni leurs jeux, ni leurs nuits, ni les phrases absurdes qui les font encore rire. Comme de très vieilles femmes agrippées au passé, elles protègent leur mémoire, elles s'exercent au souvenir. Parce qu'il faut bien changer un peu, Judith s'est mise à fumer, c'est suffisamment grave. Karl lui a appris, préparant ses cigarettes et les glissant dans sa bouche. Judith aime souffler par le nez et la chaleur sur ses lèvres. Hannah la trouve courageuse d'oser le faire en pleine rue, elle la trouve belle quand elle se donne des airs, le visage dans la brume et les yeux qui commencent à piquer.

Contrairement à celui d'Hannah, le visage de Judith s'est transformé au fil des ans. Son nez plus long, droit, des narines comme des fentes et des yeux toujours noirs. Ses cheveux forment une masse, une ombre descendant sur ses épaules, et on pourrait croire quand elle marche que c'est tout ce qu'elle est, cette chevelure trop lourde pour être soutenue par son cou.

La jambe d'Hannah tremble, un tic d'impatience que Judith apaise du plat de sa main. Hannah a gardé son nez rond, les ongles abîmés, toujours sales. Tout ce qu'elle porte, elle l'abîme. C'est bien le seul reproche que réussit à lui faire sa mère. Les blouses les plus solides, les chaussettes épaisses. Râpées, salies, des fils solitaires échappés de la couture, des franges sur les manches et dans le néant des trous. Ses chaussures durent un été, les semelles se décollent et le cuir se raye.

« Comment est-ce que tu te débrouilles ? »

Mais Rita ne gronde pas, elle répare. Un morceau de tissu cousu sur le pantalon et de la colle sous la semelle. Hannah continue de courir, de se mouvoir dans le monde. Les vêtements qu'elle porte servent à amortir les chutes, à se déchirer à la place de la peau.

C'est un jour sans école. L'été dans la ville. Elles profitent de l'ennui qu'offrent les après-midi trop longues, la chaleur qui trafique le temps. Quelques gouttes échappent au jet de la fontaine et disparaissent dans l'atmosphère. Judith s'est allongée sur le banc, la tête sur les genoux d'Hannah et son menton vu du dessous, les lignes de sa gorge sur laquelle elle promène un doigt.

Elles ne sont plus voisines, la famille de Judith a déménagé dans une autre partie de la ville. Un jour d'école, il a fallu dessiner sur une feuille le monde de demain, et c'est le nouveau quartier de Judith qu'Hannah a essayé de rendre. Des façades en couleurs, la lumière du soleil sur le verre des fenêtres, de larges avenues et d'étonnantes sculptures, des portiques et des jeux et quelques petits arbres. Depuis l'année dernière, Hannah a le droit de s'y rendre seule. C'est une aventure chaque fois renouvelée, un plaisir mêlé d'inquiétude, la station de tramway qu'il ne faut pas manquer. Elle regarde le paysage changer à côté d'elle, les rues pavées d'abord, les immeubles fanés, les moulures aux balcons noircis par les années. Un parc ensuite, une grande étendue vide, des escabeaux fragiles sur les nouvelles façades. Marzahn, enfin, l'immeuble de Judith comme un serpent de béton.

Elle l'attend toujours en bas, devant la porte, heureuse à l'idée de passer du temps chez elle. D'être bientôt avec elle. La vie d'Hannah s'articule en deux temps : les moments qu'elle passe avec Judith et les moments où Judith n'est pas là. Les ennuis dépressifs succédant aux joies pleines. Avant même de la rejoindre, il lui arrive de redouter le moment où elles devront se quitter, révoltée par avance du peu de temps qu'elles ont.

Quand elle entend la sonnette, Judith se rue dans la cage d'escalier et Hannah entend le claquement de ses chaussures, elles remontent par l'ascenseur en appuyant sur chaque étage. Le nouvel appartement des Moehn commence par une entrée, on enlève ses chaussures, dans le salon un canapé et le vaisselier de la mère de Peter, des rangements dans les coins et partout des placards, des tiroirs aimantés. À la place de la télévision, un petit piano en bois sur lequel Michael s'exerce après l'école, ses doigts d'enfant de neuf ans s'étirant au rythme de ses progrès. Il y a une cuisine équipée, une étagère blanche de laquelle pendent des ustensiles. Fouet, cuillère, passoire. Une machine à découper les légumes qu'ils appellent le

Robot. Juste ensuite, la salle de bain entièrement carrelée, une belle couleur rose qui s'accorde avec les odeurs de savon et de mousse. Un jour, il y a longtemps déjà, Inge leur avait fait couler un bain et les filles s'étaient plongées dans l'eau trop chaude de la baignoire. Les muscles contractés par l'écart de température, Hannah avait dit « on cuit ». Inge avait ri, Judith avait fait mousser un produit avant d'éclabousser son amie en riant, flocons de neige et torrent de pluie. La catastrophe trop avancée pour songer à demander le calme, Inge s'était fabriqué une barbe de mousse et l'apogée de la joie avait été atteint.

Judith l'emmène dans la chambre qu'elle partage avec Michael. Le petit garçon collectionne toutes sortes de choses, des figurines, des paquets de cartes incomplets et des boutons de couture. Il s'est lancé dans la confection d'un herbier dont la plupart des feuilles proviennent du même arbre, pressées entre les pages d'un dictionnaire. Michael aime observer les différences de tige, les petits trous et les membranes, il montre à Hannah ses spécimens préférés.

Dans la chambre, Michael monte à l'échelle du lit superposé, Judith s'installe en bas et Hannah sur un matelas par terre. Il y a les rires, les mimes et les conversations. Le chien qu'on s'imagine élever toutes les deux quand on sera assez grandes. L'excitation vibrante de ne pas dormir chez soi. Toutes proches, elles attendent que Michael s'endorme pour se dire les choses que l'on ne dit que dans le noir.

Judith a saigné, une semaine plus tôt, en prenant son bain. Elle a appelé sa mère, étourdie par la couleur orange diluée dans l'eau chaude. Inge lui a expliqué ce que les filles doivent savoir et la baignoire a été nettoyée.

Méticuleusement. Judith a compris qu'il valait mieux se taire, elle a eu l'intuition de la honte. Depuis, plus rien n'est arrivé. Elle se voit grandir alors même que ses cauchemars n'ont pas cessé, elle se réveille la nuit avec la peur de la bombe. Sur les murs de la chambre, elle projette les images de ces villes japonaises réduites en cendres, le visage ruiné d'une femme dont les dents poussent de biais, un hiver éternel et l'absence de tout.

Hannah écoute, le cœur battant, terrifiée par ce qu'elle entend, grisée aussi d'être celle à qui l'on ne cache rien. La confiance de Judith a un goût de privilège, le matelas sur le sol est meilleur que celui de son lit et Inge Moehn a cette façon élégante de lisser le tissu de sa jupe quand elle s'assoit. Tout est beau ici, la vaisselle, les légumes de l'Intershop, les partitions sur le piano et les miniatures que Michael apprend à jouer. Les morceaux simplifiés d'Emil Wiedemann qui parcourent le salon et se logent dans son cerveau pendant des jours entiers. Tout est différent de chez elle. Elle remarque certaines choses quand elle rentre à la maison, la drôle de façon d'être de sa mère, sa manière de parler des hommes et la mauvaise peau dont elle craint d'hériter. Elle a honte elle aussi, honte de sa méchanceté, honte de ne jamais vouloir revenir.

Hannah écoute la respiration du frère et de la sœur, les souffles alternés de ceux qui dorment toujours ensemble. Elle regrette que les toilettes de l'appartement ne soient plus sur le palier. Judith n'a besoin de personne quand elle se lève la nuit.

4

Au sous-sol de l'église, ils ont abaissé le levier et il y a eu un bruit. Un grincement d'abord, la lutte du fer contre les gonds. La toux du moteur encrassé. La presse qui se met en route après des années d'abandon.

La pile de papier est installée dans le premier tiroir, un doigt sur ressort permettant de conserver l'équilibre, de l'aligner en un seul bloc. L'aile de métal avale une première feuille, la dépose sur le plateau pendant que le rouleau, trempé d'encre, lèche les lettres de la forme d'impression. On peut y lire le texte inversé, le message en miroir. Comme un livre qu'on referme d'un coup sec, le plateau frappe la forme et presse le papier. Par capillarité, l'encre change de surface, imprègne, imprime, l'aile continue sa rotation et entame son mouvement perpétuel. Les mots se mettent à l'endroit, la pile de tracts prend de la hauteur.

Harald et Werner ont eu la même pensée : plus que pasteur, clown ou soldat, ils auraient dû devenir imprimeurs. Un cri de joie, quand même, les deux hommes se sont tournés l'un vers l'autre. Harald a écarté ses bras et Werner s'est jeté sur lui, il a pris dans ses mains le visage du pasteur et l'a embrassé sur la bouche, un gros baiser plein d'air. Harald a ri, jeté dans les airs les premiers tracts imprimés, et dansé sous la pluie de papier. Un exemplaire pour chaque lecteur, un esprit qui se met à douter, des pensées et puis des actes. Les mots emplissaient la petite pièce, tourbillonnaient entre les deux hommes et leur bonheur. Werner a ouvert deux grandes bières, trinquant aux efforts récompensés, à la persévérance qui paye toujours. À ce dont sont capables les hommes assoiffés de liberté.

La vérité, c'est qu'Harald et Werner n'y sont pas arrivés seuls. Le pasteur faisait de son mieux, il essayait de ne pas se perdre dans les mouvements théoriques et la maigre documentation qu'il avait osé emprunter. Les intuitions de Werner étaient souvent mauvaises, parfois catastrophiques, il insistait jusqu'à ce que la machine lui donne tort.

« Je me suis battu en Union soviétique, je peux réparer un moteur. »

Plusieurs fois, Harald avait craint que leurs tentatives ne détruisent la presse. Un craquement, le bruit du métal plié. L'impression de faire un pas en avant pour trois en arrière. Certains jours, ils s'asseyaient par terre et se mettaient d'accord pour déclarer un temps de repos, à trop en faire on finit par mal faire. Harald n'insistait plus, il s'était mis à détester la machine. La haïr comme on hait ce que l'on ne comprend pas.

La presse restait couverte, on cachait l'abandon. Les deux hommes sentaient sa présence, le gros volume de métal sous le drap blanc les rappelant sans cesse à leur échec. Ils avaient décidé de ne plus descendre, de ne se voir qu'à la surface, bien assis sur les chaises de bar du Tante Lotte, commandant au comptoir tant qu'ils avaient la force de se lever. Harald retrouvait le plaisir de la bière sur sa langue, la fraîcheur de la mousse et la chaleur de l'alcool. Cette impression d'alléger son corps et d'alourdir son ventre. Faire s'envoler l'humeur, oublier les problèmes. De la bière, le pasteur était passé au schnaps, aux liqueurs, aux trésors. Il s'était promis de ne plus jamais arrêter de boire.

Les années étaient passées de cette façon, entre l'église et l'atmosphère irrespirable du Tante Lotte. Pendant presque huit ans, la presse avait pris la poussière autant qu'Harald et que Werner. Comme eux, elle était restée irréparable.

Et puis un gamin s'était noyé. Cent fois on aurait pu le sauver, cueillir son petit corps à la surface de l'eau. Personne n'avait eu le courage de violer la frontière. Derrière l'absurdité, la mort qui frappe. Dans les journaux, l'histoire avait été transformée, tordue, abîmée, vidée de sa vérité. Les manifestations avaient été matées mais le petit Turc n'avait pas été oublié. Sa dépouille avait hanté les esprits. Un soir, Werner s'était mis debout sur la chaise, il avait levé son verre et il avait dit le nom du garçon. Il avait bu. Les autres clients avaient enlevé leur casquette.

À la table voisine, les yeux de Rita s'étaient mis à briller. Elle s'était rappelé le visage d'Hannah, ce jour au canal où Judith était tombée. Le fils du pasteur qui s'était mis à l'eau pour elle. Elle s'était assise avec eux et ils avaient discuté, ils avaient parlé librement, convaincus qu'un soir pareil personne ne viendrait leur chercher des misères. Werner avait mentionné la presse. Une vieille presse qu'ils avaient commencé à réparer il y a un siècle, sans jamais réussir à la faire fonctionner.

« On a même écrit un tract sur la plaque en fer. On a même fait des essais en pressant nous-mêmes. »

Rita n'avait rien promis. Elle avait juste dit qu'elle jetterait un œil. Un mois plus tard, la presse était en route.

5

Au fond du parc, près des arbres et loin du monde, Hannah et Judith l'attendent. Elles sont assises sur la terre humide, la tête dans les branches et les odeurs de bois. Il y a les enfants, plus loin, que les pères font sauter dans leurs bras, les couvertures sur lesquelles on s'allonge, les amoureux et les vieux, tout Berlin réuni sur l'herbe du Volkspark. Judith allume sa cigarette, le dos contre le tronc et les jambes croisées devant elle. Hannah reste immobile pendant quelques minutes et sent ses membres se crisper, l'ennui qui s'empare de son corps, l'intolérable immobilisme. Elle fait claquer sa langue contre sa joue, un bruit mat et mouillé que Judith lui demande de cesser. Dans ses pieds, elle sent la démangeaison que seule la course sait apaiser.

Comme Hannah n'y tient plus, Judith lui propose de faire des poiriers. C'est une chose qu'elles font ensemble. La première s'élance, un genou relevé, les deux bras en l'air comme avant un plongeon. L'autre se place en face et assure l'équilibre, le bras en crochet et la main sur la hanche. En un mouvement souple, Hannah se rétablit sur ses jambes. Son visage est rougi et ses yeux troublés d'avoir été trop longtemps retournés. Il faut attendre que les choses se remettent dans le bon sens, que le sang engorgé dans sa tête redescende doucement. Hannah sent la fraîcheur revenir à ses joues. Le parc reparaît devant elle, les joueurs de ballon et les landaus bleus. Un cerf-volant qui racle le sol. Une silhouette familière s'approchant de leur arbre, un blouson et des chaussures en cuir, les cheveux mal mis et un air de crapule.

Karl s'arrête, s'agenouille comme on fait ses lacets, se relève et reprend sa marche. Arrivé à leur hauteur, il tend le bras brusquement, plonge sa main dans les cheveux de Judith et en retire une pièce qu'il projette dans les airs d'un mouvement du pouce. C'est Hannah qui la rattrape au vol.
« Tu viens de la trouver par terre. »

Dans son sac, il y a des cadeaux. Comme les paquets de ceux qui ont de la famille à l'Ouest, les cadeaux de Karl sentent bon, des odeurs d'ailleurs qui traversent le jute, des odeurs qui donnent faim. Il marque une pause et les regarde l'une après l'autre.
« Vous voulez voir ? »
Six oranges. Trois chacune. Pas de celles qu'on importe de Cuba, dont la chair est filandreuse et sans saveur. De belles oranges, lourdes dans la main. Judith aime les découper en quartiers et aspirer le jus avant de manger la chair.
« Elles viennent d'Espagne. »
Aucun d'eux ne sait vraiment à quoi l'Espagne peut ressembler. Karl plonge sa main dans le sac et son regard dans celui d'Hannah.
« Ça c'est pour ta mère. Tu lui diras que je me suis donné du mal : dans deux ans, on n'en trouvera plus. »
La boîte de café est recouverte d'une étiquette en plastique élégante, traversée de lettres d'or. Les cadeaux de Karl sont toujours emballés dans d'incroyables matières et recouverts d'illustrations. Du sac de jute sortent enfin deux formes sombres, immédiatement identifiables, d'un bleu profond. Karl déplie les jeans devant lui en poussant un rire triomphal, ce qu'il ne faut pas faire pour gâter ses

amoureuses. Judith sait qu'il faudra les cacher. Elles ne pourront les porter que la nuit, derrière la porte fermée de sa chambre, avec la promesse de Michael de tout garder pour lui. Elle sait ce qu'elle risque si son père la voit. Mais Judith imagine ses jambes enveloppées de couleur. Sa silhouette, son allure. Elle imagine la jeune fille qu'elle sera à vingt-quatre ans. Karl tend sa joue, la tapote deux fois du bout de son index et Judith s'approche pour y déposer un baiser. Un paiement. Il lui tend une cigarette, trop heureux de son effet, et lui demande des nouvelles du petit Michael.

« Ne le laissez pas jouer près de l'eau. C'est dangereux. »

Il repart finalement, Karl a toujours quelque chose à faire, quelqu'un à voir. Lorsqu'il disparaît derrière la grille du parc, Hannah balance la boîte de café dans une grosse poubelle en fer et Judith la supplie de ne pas jeter les jeans.

6

La queue n'avance pas. Devant le magasin tout le monde se presse, piétine, s'agace.

« Ça n'avance pas. »

On se penche, la tête en dehors de la file, les épaules en place pour ne pas perdre sa place. On regarde le client qui prend son temps au comptoir, l'air de ne jamais avoir attendu de sa vie. Personne n'ose rien dire, bien sûr. Rita passe enfin la porte et se retrouve à l'intérieur. Tout est vide. Les rayons, les étagères et les bacs. Un vide de guerre. Loin derrière elle, d'autres s'ajoutent à la file, il faudrait que quelqu'un les prévienne mais tout le monde se tait. Inévitablement, on jette un œil dans les paniers de ceux de devant. On compte combien de petits pains. Combien de bocaux dans les bras. Le nombre d'articles moins la position dans la queue, deux articles par personne en moyenne.

Rita se sent trahie, c'est le mot qui monte en elle. Pourquoi toujours la queue ? Pourquoi toujours le vide ? Les pièces, les objets, les outils, les landaus, ces choses-là se bricolent, se prêtent et se remplacent. Pas l'huile, pas la viande. Alors pour quelles raisons ? Comment tout un pays peut venir à manquer des produits les plus simples ? Pourquoi personne ne se rend compte que quelque chose ne tourne pas rond ? Elles sont belles les promesses. Les discours, les défilés, les rubans découpés et les félicitations. Pour féliciter ils sont très forts, de vrais champions du monde. Pour les chiffres et les plans sur cinq ans. Mais c'est une autre affaire quand il s'agit de remplir le magasin. On se demande ce que font les paysans, sur les bas-reliefs de l'Alexanderplatz, devant les champs de blé et les champs de betterave. Ils posent pour le tableau, peut-être. Au lieu de travailler.

Ne rien dire. Soupirer, trépigner et frémir mais surtout ne rien dire. Éviter la scène. Éviter de penser à ce pays qu'elle aime et dont on s'occupe mal, à ceux qui préfèrent mentir plutôt que de réparer. À ceux qui donnent raison aux guignols de l'Ouest et participent à l'accroissement de leur ego faramineux. Elle travaille, elle. Elle s'abîme pour la RDA depuis qu'elle a l'âge d'Hannah. Il suffit de regarder ses doigts comme des poireaux et ses genoux en miettes. Elle a fait sa part. Elle mérite mieux.

C'est pour ça qu'elle les a aidés. Pour la mécanique d'abord, Rita est tombée amoureuse de la presse comme elle était tombée amoureuse de son excavatrice : une grosse machine complexe, délaissée, un moteur qui ne demande qu'à exploser à nouveau. Elle les a aidés pour ce qu'elle a vu dans les yeux du pasteur. L'insolence. L'exigence. Il fallait voir leur tête quand elle a commencé à travailler. Leurs petits visages d'écolier épaté, leur cri de surprise quand la machine s'est mise à tourner. En un mois, l'affaire a été réglée, Rita a passé un coup de chiffon et la presse était prête. Ce qu'ils impriment, ce ne sont pas ses affaires. Rita a lu quand même. Elle a trouvé que ce n'était pas si mal.

Au comptoir du magasin, ils n'ont rien non plus. Rien de ce qu'elle demande. Les petits pains, oui, mais il faut les prendre dans la bassine. Que de l'industriel. Elle jette son panier sur le sol et se retourne vers les autres clients.

« Vous pouvez partir, ils n'ont plus rien ! Rien. Du pain qui goûte la merde. »

Comme personne ne bouge, Rita répète. Plus fort, les mêmes mots. Elle a envie de les secouer, de les prendre par le cou pour leur redonner des couleurs. Elle les déteste de faire d'elle la vieille folle du magasin, la déglinguée qui se met à crier. Avec un peu de courage, ils seraient tous en train de l'imiter. Elle fait un geste obscène et les envoie au diable.

7

Dans le quartier, tout le monde connaît le clown. Il traîne là depuis tant d'années qu'il est devenu une sorte de légende, un de ces ogres sympathiques que l'on regarde par en dessous. On menace les enfants en prononçant son nom, si tu ne finis pas j'appelle le clown. On l'a vu vieillir, de plus en plus gros, ivre à se demander comment il vit encore. Le clown fait partie du folklore, on tolère ses excès et on échange sur lui quelques anecdotes pendant que les enfants rient de le voir tomber. Son nom. Ce qu'il faisait avant. Ce qui pousse les hommes à fuir la vie pour s'inventer une existence à la marge. On le laisse habiter les rues, on compose avec sa présence.

Elle, elle ne l'a jamais aimé. Elle est à la retraite et le regarde, presque une fois par semaine, s'exciter sous ses fenêtres et salir le trottoir. Son sourire de dément et son allure de porc font partie de ces choses qui rendent le quartier moins beau. Un peu moins agréable. Les gens disent qu'ils s'habituent, ils affirment que rien ne les dérange pour ne pas agir, leur manque de courage comme de la grandeur d'âme. On ne s'habitue pas à l'odeur de l'urine. À l'ivresse dès le matin, aux beuglements de bête, à ce rire qui contient toute l'insolence du monde. Et ce qu'on dit sur lui est faux. C'est une petite histoire tranquille qu'on lui a inventée. On parle d'un pauvre bougre délaissé par sa femme, d'un gentil demeuré qui se moque de la misère.

Le clown s'appelle Werner Behrens. Il est né en 1915, comme elle. Il est né dans la rue perpendiculaire, d'une bonne femme terrible et d'un père misérable. Elle le connaît depuis qu'ils sont gosses, la même tête, soixante ans depuis l'enfance. Ils s'étaient embrassés derrière la camionnette du professeur Krawczyk et le jeune Werner lui avait dit qu'il l'aimait, juste avant de changer d'avis, faisant promettre dès le lendemain de ne plus jamais en parler. Elle avait cru s'être débarrassée de lui quand la guerre s'était terminée : les nazis partaient déblayer la neige dans les camps soviétiques et ne restaient pas vivants longtemps. Mais Werner s'était débrouillé pour passer entre les mailles, son arrogance en bandoulière, ses drôles de farces comme un rideau derrière lequel on se cache. Il s'est mis à boire et à se maquiller. Il l'agresse dès qu'il la voit.

« Je t'aime toujours Hildegarde ! Pardonne-moi ! Tire mon doigt que je te montre comme je sais bien péter. »

Quand on lui a demandé de garder un œil sur lui, de prendre quelques notes et de tenir un rapport, elle a tout de suite accepté. C'est un beau jeune homme qui est venu lui rendre visite pour faire signer les papiers. La nuque dégagée et les mains délicates. Elle est devenue collaboratrice de la Stasi une après-midi d'automne. Assise dans son fauteuil vert, elle a raconté tout ce qu'elle savait sur lui, exagérant un peu, ajoutant ici et là quelques détails accrocheurs. La brutalité, sa manie de laisser toutes sortes de détritus sur le trottoir d'en face, son amour dérangeant pour les très jeunes enfants. Elle a même fait du zèle, le suivant comme une ombre et tenant ses rapports au fur et à mesure, décrivant sa conduite, l'église évangélique sur laquelle il se soulage, ses pitreries dans le bar d'à côté.

Un jour, elle l'a vu distribuer des petits papiers à qui voulait les prendre. Une feuille pliée en huit. Certains la jetaient aux ordures après un bref regard, l'air apeuré, d'autres au contraire la cachaient dans leur veste, poche intérieure contre le cœur. Elle s'est approchée et il ne l'a même pas reconnue, les yeux bouffis et une haleine de bière. Elle a voulu qu'il lui donne un papier, à elle aussi. Werner a hésité, il s'est frotté les yeux et s'est perdu dans le vide de sa tête. Après quelques secondes, il a fouillé dans sa poche et lui a donné le tract.

C'est un papier de bonne qualité, des caractères noirs imprimés proprement. Elle le recopie consciencieusement dans son rapport avant de joindre l'original.

> Interdit de lire, de contredire, de se réunir.
> Interdit de penser.
>
> Combien de temps les violations
> des droits de l'homme en RDA
> vont-elles encore durer ?
>
> Combien de familles séparées ?
> Combien d'enfants noyés ?
>
> Et
> TOI
> tu te tais ?

8

Devant la porte de la centrale, on a fait construire une boîte alvéolaire qui laisse passer la lumière mais obstrue la vue. À travers ces paravents de béton, on ne voit que des formes entrant et sortant du ministère de la Sécurité d'État. Inidentifiables, impossibles à photographier. C'est un sas dans lequel il faut entrer avant d'entrer, un endroit qui protège de la vue et impressionne les visiteurs. Quand vient le soir, des rayons de soleil traversent le béton et peignent sur le sol des flaques de lumière.

La centrale a cessé d'intimider Peter depuis longtemps. Les années entre ses murs la lui ont rendue familière, il traverse les couloirs en lisant le journal et reconnaît ses collègues à la cadence de leurs pas. Depuis sa promotion, Peter entend une différence de ton lorsqu'on s'adresse à lui. Un respect, une crainte. Ses nouvelles fonctions le surchargent de travail mais Peter est heureux. Il est ici chez lui, il a gagné sa place et il aimerait que rien ne change. Il se méfie du souffle de modernité qui semble traverser le Ministère.

Peter voit émerger de nouveaux processus, des techniques compliquées, une surenchère de technologie. On dépense sans compter pour faire entrer des appareils photo dans des boutons de chemise, on glisse des micros dans les stylos, des caméras dans les mallettes. Ils sont si fiers, les ingénieurs. Tout le monde est impressionné, on loue la maîtrise, on s'émerveille de la technique, on se compare à ceux d'en face. Obnubilé par l'ennemi, on se dit avec une tape dans le dos que l'on n'a pas à rougir, tenant pour preuve dans ses mains un objet bricolé, ridicule, détourné de sa fonction pour en remplir une autre. Peter voit s'installer une certaine mentalité dans les fauteuils bleu vif des salles de réunion. L'amour du superflu, l'utilisation inappropriée des ressources, le mépris de l'argent et de l'économie.

De nouveaux objectifs sont parvenus aux cadres, provenant directement des sommets de la hiérarchie. L'intensification significative des opérations de surveillance ne s'est accompagnée d'aucune augmentation des ressources, c'est sur la qualité des renseignements que les compromis sont faits. Les collègues se relâchent, bâclent leurs enquêtes préliminaires, manquent certains éléments décisifs. Cette précipitation et cet amour nouveau pour la technologie lui semblent aller de pair : on troque un peu de rigueur contre un peu de spectacle, on se moque du protocole et des méthodes poussiéreuses.

C'est pourtant le protocole qui assure le succès du Ministère. Des techniques simples et standardisées, une homogénéité des procédures permettant de traiter les citoyens avec égalité, de garder un niveau de connaissance constant, partageable efficacement. Recruter un informateur et lui assigner un seul objectif à la fois, vérifier les motivations de l'informateur et la qualité du renseignement obtenu, comprendre les cercles dans lesquels il évolue, repérer les tangentes et les aires de recoupement. Peter ne se fie qu'aux rapports précis, aux éléments factuels et vérifiables. Les suppositions envoient des innocents en prison et laissent les coupables impunis. Être fidèle à un protocole, c'est se plier à l'ensemble de ses points. C'est corriger, indexer, mettre en relation, trier, classer, archiver, conserver. En tant que cadre et chef d'unité, Peter rappelle à ses subalternes que les meilleurs systèmes s'effondrent lorsque l'orgueil efface la règle.

Il reste prudent. Depuis ses débuts à Berlin, Peter a appris que les arrogants ont de courtes espérances de vie. Il ne donne son avis que lorsqu'on le lui demande, ne prononce jamais six mots lorsque quatre suffisent, un homme aux idées claires sait rester concis. Il n'oublie pas non plus que le Ministère est un organe du Parti, indépendamment de l'autonomie dont il jouit. Peter s'efforce de rester le camarade loyal que tout le monde respecte, un appui pour ses collaborateurs et un modèle pour sa famille. Sur son bureau, une photographie sur laquelle Inge porte les cheveux attachés, Michael dans ses bras et Judith entre ses jambes. Dans le tiroir du haut, les dossiers en cours. Dans celui du bas, ceux qu'il aimerait ouvrir.

Au fond du cendrier s'accumulent les cigarettes entamées, Peter en allume une nouvelle dès que le téléphone sonne, dès qu'il tourne une page. Il y a cette jeune femme dont les propos sont hostiles et qui possède chez elle toute une bibliothèque de livres interdits. Le voisin a fourni un double des clés, deux collaborateurs se rendent au domicile une fois par semaine et changent les objets de place. Peter insiste pour que soient choisis les objets du quotidien : les ustensiles de cuisine, le verre à dents, les vases. On les fait voyager dans l'appartement en d'impossibles mouvements, sans laisser aucune trace, on fabrique de l'étrange avec de l'ordinaire. Ces initiatives isolent les personnes dangereuses et les fragilisent psychologiquement, atténuant de manière satisfaisante leur potentiel de nuisance. La jeune femme confie à ses amis des histoires auxquelles personne ne croit.

« Je te jure que quelqu'un est entré chez moi. Je te jure que mes chaussures étaient sous la commode. »

Ses propos deviennent incohérents, paranoïaques, le doute s'installe dès le mot prononcé : « Je ne suis quand même pas folle. »

Dans une note séparée, rédigée par sa sœur, on apprend que les opinions politiques de la jeune femme se sont considérablement améliorées, que ses discours hostiles sont passés de « plus rares » à « quasi inexistants ».

Peter écrase les cigarettes fumantes dans le cendrier. Il se forme un terreau noir et gris dont s'échappe l'odeur du tabac refroidi, il éteint chaque rougeoiement. Une fois le cendrier vidé, Peter allume une nouvelle cigarette.

Un homme de soixante ans a été retrouvé dans la cage d'escalier d'un immeuble de Prenzlauer Berg, le visage maquillé, endormi dans ses vomissements. Il a agressé verbalement la femme qui s'est occupée de le relever, les mots qu'il a prononcés sont rapportés à l'identique par deux autres voisins. « Salope de la Stasi. »

Le nom de Werner Behrens est resté bien rangé dans le creux de sa mémoire, et l'index que lui transmet sa secrétaire contient ce que Peter appelle un florilège. Alcoolisme, bagarre, fascisme. Soustraction à l'obligation de se rendre aux cérémonies officielles. Depuis ce matin : insulte envers un organisme d'État. Peter demande l'ouverture d'un dossier opérationnel, la nomination d'un officier supérieur en charge et autorise le recrutement d'un collaborateur officieux. Il y a certaines choses qu'il ne faut pas laisser traîner.

9

Le lac, tout le monde ici l'appelle le See. Comme s'il n'y en avait qu'un, comme s'il annulait les milliers d'autres lacs qui trouent le Brandebourg. Le See n'est ni grand ni petit, fin comme le corps d'un poisson, débordant sur la terre qui l'entoure de son eau toujours claire. Le soleil le caresse au début de l'après-midi, il y dépose des nuances orange, dorées, et blanches.

Autour, c'est la forêt. La mousse sur les pierres, gorgée d'eau, dépose ses perles sur les mains qui s'y posent. Un arbre mort barre le chemin, le sentier s'estompe, un renard se cache dans le creux d'une souche. Il y a toujours quelque chose à entendre, le craquement d'une branche, le bruissement d'une aile, un trou dans une pierre qui fait siffler le vent. C'est pourtant une symphonie du vide que joue la forêt. Une musique de l'absence. La même qu'en chaque endroit où la nature efface les hommes.

Entre le lac et la forêt s'étend une clairière, on a planté des tentes grises et construit des tables en bois. Sur le chemin qui la traverse, les pneus de la camionnette ont tracé leurs chevrons dans la terre mouillée, une goutte de pétrole dilue dans la flaque ses couleurs d'arc-en-ciel. Le camp de vacances des Pionniers est calme, cette après-midi. Les petits font la sieste, on a rangé le pain dans les sacs et les assiettes dans la bassine. Un peu à l'écart, Hannah est allongée sur l'herbe, le regard dans le ciel. Distraitement, elle joue avec une corde mouillée qu'elle a trouvée près de l'eau, une grosse corde verte pour attacher les bateaux. Là-haut, les nuages lui donnent le vertige. Leur lenteur est trompeuse, ils semblent immobiles et pourtant changent de forme, de place, emportés par la brise. Hannah voit des visages, des formes emmêlées, elle se force à y trouver des signes. Comme certains autres jours, elle a envie d'être mélancolique. C'est peut-être le See, Judith qui n'a pas insisté pour lui dire de venir se baigner avec eux. Avec elle.

Elle a disparu sans se retourner et Hannah a trouvé la corde. Elle se souvient des choses d'avant, les petites filles qu'elles étaient, accroupies pendant des heures sans que jamais leurs jambes se mettent à brûler. Les enfants n'ont pas de corps, il faut sans cesse leur dire de se couvrir, sortir de l'eau lorsque leurs lèvres sont bleues. Même la douleur s'efface d'un souffle sur la plaie. Le corps d'Hannah commence à exister, de plus en plus souvent il se rappelle à elle. Ses muscles tirent après la course, sa gorge se serre quand elle est contrariée, elle est inquiète des changements à venir. À quatorze ans, Hannah se souvient de tout et devine ce qui l'attend. Elle est entre deux rives. Elle sait. Sa mélancolie naît de cette connaissance.

Michael aurait eu le droit de ne pas faire de sieste. Ceux de neuf ans se baignent avec les autres, sautent du ponton en bois, mais Michael se sent lourd après le déjeuner, le poids dans son ventre le fait somnoler. D'un pas chancelant, il rejoint Hannah et s'assoit près d'elle. Il veut savoir pourquoi elle ne se baigne pas, il lui demande si elle participe aux Olympiades de l'après-midi et Hannah se tourne vers lui, le visage triste et les yeux en colère.

Elle ne participe pas aux Olympiades. Depuis quelque temps déjà les courses ne sont plus mixtes, les garçons se retrouvent entre eux sur la ligne de départ, comme s'il était évident que les filles n'y avaient plus leur place. Comme s'il était aberrant qu'elles pensent pouvoir les battre. Hannah concourt avec les autres filles et personne ne doute de l'issue de la course, personne ne s'étonne de la voir s'envoler quelques secondes après le départ. Même Judith s'est habituée à ses victoires. Pour ralentir les progrès d'une athlète, il suffit de lui interdire de se mesurer aux meilleurs. Pour pouvoir affirmer qu'elle se ferait écraser, il suffit que la course se fasse sans elle. Alors non, Hannah ne participera pas aux Olympiades de l'après-midi. Puisque c'est ce qu'on attend de lui, son corps restera immobile.

Michael se rapproche, caresse son épaule et se rendort contre elle.

En équilibre sur les épaules d'un garçon, Judith fait de son mieux pour ne pas tomber. Sa peau, hérissée par le froid, retient les gouttes d'eau et les éclaboussures. Son adversaire a détaché ses cheveux, une lionne à califourchon sur un grand trapu. Entre deux éclats de rire, Tanja hurle qu'elle va gagner, qu'elle va la ridiculiser et lui faire boire le See. Elle claque les joues de sa monture pour le faire charger et elle fond sur Judith. Autour d'elles, un cercle s'est formé, on applaudit en frappant la surface de l'eau. Les chemises et les foulards sont restés dans les tentes, les chefs s'occupent du réveil des petits, il n'y a ni règles ni jeux interdits. Judith se prépare à l'impact alors que les mains de son garçon parcourent frénétiquement ses cuisses. Elle sait ce qu'il est en train de faire : c'est avec elle qu'il a voulu jouer. Judith se bat, les mains dans celles de Tanja, évitant la chute en balançant son dos d'avant en arrière. Elle serre les genoux et elle hurle de tenir bon, les assauts se suivent jusqu'à ce que Tanja prenne Judith par la nuque, son torse collé au sien. Elles plongent, toujours enlacées, les cris des autres s'estompent et Judith ouvre les yeux sous l'eau.

Les cheveux châtains de Tanja dansent sous la surface

du lac. Sa peau mordorée. Sa bouche entrouverte. Leurs torses, leurs mains et leurs cuisses se cherchent, elles arrêtent de se battre et Tanja, en apnée, approche son visage. Parce qu'elle ne respire plus depuis un long moment, parce qu'un autre corps appuie sur le sien, la vision de Judith se trouble et d'étranges pétales noirs parsèment son regard.

Tanja remonte et Judith remarque ses longs cils mouillés, triangles noirs collés à ses paupières. Sa voix la tire de ses rêves.

« Elle a essayé de m'embrasser. »

Personne n'applaudit plus. Plus de remous, plus de rires. Le cercle se concentre, on lui demande de répéter et Tanja pointe du doigt.

« Elle a voulu m'embrasser pendant qu'on était sous l'eau. »

Judith essaye de comprendre. C'est d'elle que l'on parle. C'est elle qu'on regarde. Le trouble, l'excitation s'estompent et laissent place à une sensation vide, un très mauvais réveil. Quand Judith répond que ce n'est pas vrai, elle sent qu'elle est perdue. Elle tousse, elle répète un peu plus fort. Mais Tanja la traite de choses qu'elle ne comprend pas, de noms inconnus aux sonorités brutales.

« Tu mens. »

Elle n'a même pas l'idée de frapper. Réagir à l'insulte c'est l'esquiver un peu. Mais Judith n'a jamais tapé, elle saurait à peine comment s'y prendre. Ils ont recommencé à applaudir et leurs sourires la transpercent. Un peu de dégoût. Un peu de fascination. Un peu peur que les chefs arrivent et qu'il faille tout expliquer. Ce beau visage devant elle qui ne bougera pas tant qu'elle n'aura pas avoué, tant que les excuses n'auront pas été faites. Avouer quoi ? Judith ne se rappelle pas tout, pas exactement. Peut-être qu'elle a voulu. Comment savoir ce que l'on a voulu ? Avant que les larmes lui viennent, Judith replonge et fuit sous la surface. Elle ne remontera que quand ils seront partis. Sans respirer, une nuit entière s'il le faut. C'est tout le See qu'elle pleure.

Dans la nuit, Hannah lui propose de foutre le camp. Parce que Judith est inconsolable et parce que les autres ne sont que des petits porcs mesquins.

« On fout le camp. »

Autour d'elles, tout le monde fait semblant de dormir et aucun n'hésitera à les dénoncer, elles le savent. Alors elles attendent, allongées sur les lits de camp. Hannah a un plan.

Quand Judith est remontée à la surface, le lac était calme, vide. Les autres s'étaient précipités vers Hannah pour lui raconter toute l'affaire. On avait laissé parler Tanja, fait silence pour qu'elle puisse placer ses effets. On avait ri, bougé, les chefs commençaient à se demander s'il fallait intervenir. Hannah avait écouté attentivement, elle avait même demandé de répéter quelques passages.

« Et Judith dit que tu mens ? »

Oui, mais c'est elle qui ment. C'est ce que font les coupables, ils accusent et se mettent à pleurer pour qu'on les prenne en pitié. Hannah a demandé si Judith avait pleuré.

« Elle t'a embrassée où ? »

Tanja a tourné l'index vers elle, avec lenteur, personne n'avait pensé à poser la question. Où ? Et alors qu'elle allait pointer sa bouche, Tanja a eu l'idée de faire descendre sa main, d'improviser un geste qui lui a fait battre le cœur. Son doigt s'est arrêté là, sur le triangle de son maillot de bain. Juste entre ses cuisses, juste devant la toile. Judith est apparue derrière un arbre, le visage écarlate, trempée et transie de froid. Tout le monde s'est tu, le souffle coupé par le choc, le sang bouillonnant. Et Hannah a envoyé son genou entre les jambes de Tanja, de toutes ses forces, à l'endroit où Judith n'avait pas posé ses lèvres.

Le plan d'Hannah, Judith l'entend chuchoté dans le creux de son oreille, elle sourit pour la première fois depuis le début de l'après-midi. D'abord, il faut attendre. Les premiers ronflements, les respirations lourdes. Discrètement, il faut mettre ses chaussures. Et il faut y aller ensuite sans hésiter, faire diversion et profiter de l'effet de surprise. Dans son sac, Hannah prend le morceau de corde, encore mouillé, qu'elle a trouvé près du lac. D'un geste sûr, elle vise et le lance sur le dos de Tanja, lourd d'humidité, ferme comme un animal. Judith prend sa voix la plus aiguë pour créer la panique.

« Un serpent ! »

Au cri de Judith s'est ajouté celui de Tanja, strident, amer, persuadée qu'une vipère s'est enroulée sur elle pour la mordre ou l'étrangler. Tout le monde s'est réveillé. Tanja sent glisser sur son dos le corps froid du serpent, lourd et lent, suppliant que quelqu'un lui vienne en aide. En secouant ses épaules, elle parvient à le chasser et on entend le monstre tomber sur le sol. Tout le monde se retrouve debout sur son matelas, les chefs entrent en trombe, inquiets quand ils comprennent la raison du vacarme. Sous la grande tente, chaque lit de camp soutient le poids d'un enfant terrifié, hystérique, jambes nues et bras croisés. Tous sauf deux.

Elles n'ont peur de rien. Ni les craquements, ni les racines au sol, le cri du hibou et le feulement du vent, la lune au-dessus des arbres, sa clarté, les pierres en forme de bête et les fourrés grouillant de vie, tous les secrets de la forêt qu'elles traversent en courant. Elles n'ont peur de rien et elles ont gagné. Elles sont libres, et Judith est vengée.

Le See est noir comme le ciel, traversé des mêmes étoiles.

« Viens. »

Leurs chaussures pleines de terre, elles les ont balancées pour plonger leurs pieds nus dans la nuit. Le lac ne dort pas non plus, il les accueille ici, loin des autres et de leurs mauvaises têtes, loin du camp et de ses règles. Elles savourent la fatigue de la course et la dignité retrouvée. Hannah et Judith se tiennent encore la main.

« Je ne l'ai pas embrassée, la Tanja. »

Hannah se tourne vers elle, de sa voix sérieuse elle répond.

« D'accord. »

C'est Judith qui approche son visage, qui tend ses lèvres la première. Hannah a l'idée de fermer les yeux pour rester concentrée. Elles perdent peu à peu la notion des distances, se demandent où elles en sont jusqu'à ce que leurs lèvres se rencontrent, fraîches comme le lac, chaudes comme leur cœur, la piqûre électrique de ce qui est trop sensible, la troublante émotion d'avoir percé ensemble le plus lourd des secrets.

Quand Judith se recule en ouvrant les yeux, quand elles se retrouvent l'une en face de l'autre, les lèvres engourdies et le regard brumeux, leur trouble se change en un rire si fort qu'elles en sont asphyxiées. Hannah cherche un peu d'air pour imiter le cri de la Tanja, ridicule, effrayée par un vieux bout de corde. Judith se sent mourir d'amour.

10

En biseau, Inge coupe la tige de la rose et la dépose dans le vase du salon. Sa mère disait souvent qu'il manquait à sa fille un petit quelque chose, un je-ne-sais-quoi, qui l'empêchait de comprendre les plantes. Dans la campagne autour, ses bouquets étaient trop secs, trop flous, les couleurs mal assorties. Il fallait recommencer, regarder sa mère enlever les herbes qu'elle avait eu tant de mal à rassembler, les joncs et les tiges grattant sa peau d'enfant. Il fallait reconnaître que non, décidément, Inge n'avait pas le sens des fleurs.

C'est le directeur du laboratoire qui lui a offert la rose. Pour fêter l'Année internationale de la femme, il en a offert une à toutes les collègues. M. Blumenthal s'est présenté dans la salle de travail en poussant un petit chariot, les fleurs posées sur un torchon humide, il s'est félicité de diriger une entreprise progressiste, ni menace ni contrainte dans l'application stricte de l'égalité. Honoré de travailler parmi elles, collaboratrices charmantes, il les a remerciées d'apporter à la science l'élément qui lui fait tant défaut : une certaine touche de féminité. Les hommes du service ont applaudi de bon cœur, convaincus finalement, heureux de mettre les camarades à l'honneur, heureux comme chaque fois qu'il se passe quelque chose. Inge n'a jamais été promue mais elle a pris la rose comme on accepte de mauvaises excuses. Elle l'a portée chez elle. Elle lui a coupé la queue.

Pour Peter, acheter un bouquet est aussi insensé que payer pour s'asseoir sur un banc, les meilleurs escrocs parviennent à monnayer ce qui appartient à tout le monde. Inge insiste quand même pour fleurir le salon, elle aime les capucines, les hortensias et le muflier. L'anémone au printemps. Jamais de rose à part aujourd'hui, seule dans le grand vase et se suffisant à elle-même.

Le laboratoire les a libérées plus tôt, exceptionnellement, Inge profite du calme de la maison vide, un de ces moments sans bruit, sans dîner à faire, des heures trop précieuses pour qu'on sache en profiter. Elle s'en veut d'être rentrée si tôt, de ne pas avoir attendu le soir, de ne pas avoir rejoint Rita pour leur cigarette du jeudi.

Cinq minutes par semaine, c'est le moyen qu'elles ont trouvé pour ne pas perdre le fil. L'usine de câbles n'est pas très loin du laboratoire, Inge termine ses jeudis à dix-sept heures et Rita s'arrange pour décaler sa pause. Elles s'adossent au mur sale, à l'angle, et regardent les trains passer. Dans ces endroits de Berlin où l'on travaille plus qu'on ne vit, il ne fait jamais véritablement beau. Le pont de béton couché sur les rails, large comme une avenue, crache des wagons lancés à pleine allure. Derrière l'usine se dressent des grilles, des plots, des carrés de sable au milieu de la route. L'endroit est envahi par des travaux perpétuels, des déchets en couleurs : sacs à gravats bleus et ruban de plastique rouge, un rideau d'échafaudage. Berlin pousse de travers, Inge et Rita fument. Cinq minutes par semaine au milieu de nulle part, entre l'usine et le laboratoire.

Elles parlent surtout des filles. Des allers-retours, des pyjamas oubliés et des départs en camp. Elles rient de cette allure de gosses qu'elles mettent du temps à perdre, leurs manies de gamines. Inge s'inquiète et Rita rassure, chaque chose l'une après l'autre. Elles changent de sujet une fois les cigarettes à moitié consumées, la braise comme un minuteur avançant sur la feuille. Les collègues de l'usine, M. Blumenthal et le rêve dont Inge s'est souvenue au réveil. Un grand escalier en colimaçon, recouvert de velours, tournant sur lui-même dans ce qu'elle imaginait être une administration. Elle descendait les marches de plus en plus vite, pendant des heures, jusqu'à douter de l'existence d'un sol. Elle changeait alors de direction et se décidait à monter, désespérée par avance de ces milliers de marches qu'il fallait prendre dans l'autre sens, le temps perdu et l'énergie gâchée. Elle ne ressentait aucune fatigue, juste une inquiétude qui grandissait en elle et lui faisait redouter quelque chose : s'il n'y avait pas d'en-bas, il n'y avait peut-être pas d'en-haut non plus.

Certains jeudis, il y a trop à dire. Inge et Rita n'ont pas assez de temps, alors elles vont à l'essentiel. Elles rapetissent leurs vies pour les faire tenir dans cet espace infime qu'elles se sont octroyé. Le seul qu'elles ont.

Pour que Judith et Hannah aient le droit d'être ensemble, Inge a dû promettre qu'elle cesserait de fréquenter Rita. Leur cigarette hebdomadaire échappe au contrat que Peter a rédigé.

« La petite d'accord, mais pas sa folle de mère. »

Il sait, pourtant. Inge le sent, il lui fait remarquer chaque semaine qu'elle empeste la cigarette, la bouche qui dit une chose et les yeux qui en disent une autre. Il sait mais ne dit rien. Par peur de perdre son privilège, Inge évite d'aborder le sujet, elle l'embrasse comme une fillette à qui l'on a donné la permission de minuit. Dans leur appartement, le prénom de Rita n'est jamais prononcé, un petit mensonge enterré en surface, un secret de mariage.

Au milieu du salon, il y a la table en bois, moderne et solide, un napperon en dentelle repassé au fer et le vase au-dessus, une rose coupée trop court qui dépasse à peine du bord. Il y a la mère de Judith et Michael, la joue contre le napperon, les bras sous la table. Elle s'endort avant qu'ils ne rentrent, avant que ne reprenne la boucle perpétuelle. Les devoirs, le dîner, les disputes. Elle revient à son rêve. Elle redescend les marches.

11

Comme un brouillard dans sa tête, comme un feu dans ses entrailles, l'envie de tirer sur ce qui fait mal, extirper la douleur et tenir dans sa main l'ignoble sac de nerfs, le nœud enflammé des matins alcooliques.

Werner ignore où il se trouve quand il se réveille. Ses jambes sont gelées et de grosses gouttes de sueur s'écoulent de son front, il a rêvé des belles Flamandes qui se retournaient sur son uniforme, il a rêvé de ceux qu'il a tués pendant la guerre, les autres soldats, la même peur que la sienne sur leurs visages de gosses.

Il se redresse, s'adosse au mur, cherche son sac autour de lui pour y trouver à boire. L'addiction de Werner, ce n'est pas le schnaps mais cette sensation du réveil, le feu et la glace, la gorge déchirée et la certitude rassurante que rien de ce qui s'est passé ne lui reviendra en mémoire. Une odeur de propre parvient à ses narines : il n'est ni chez lui ni dans la rue. Il entreprend d'ouvrir les yeux, émiettant la croûte de fatigue qui recouvre ses paupières. Une cellule de prison, un lit et un évier. Une porte grise et un loquet qui s'ouvre de l'extérieur. Un loquet que l'on actionne maintenant, claquant le fer sur le fer, trouant la tête de Werner qui se souvient malgré lui de ce qui s'est passé.

Le pasteur avait glissé ses tracts dans les livrets de messe, il lui avait fait promettre de les distribuer sans faire le clown. Arrivé au Tante Lotte, Werner avait commandé une pinte de bière et un verre de Schilkin pour commencer, au bout d'une heure il buvait au goulot et la patronne l'avait fait sortir en voyant qu'il fourrait des bouteilles dans son sac. Il s'était retrouvé dehors et jouait pour un public imaginaire, le trottoir désert, un camion de fruits et légumes garé juste en face.

« Et maintenant, le clou du spectacle. »

Werner avait sorti trois bouteilles pleines qu'il tenait par le cou et les avait lancées en l'air, toutes en même temps, avec la même assurance que lorsqu'il avait vingt-cinq ans et que les autres soldats lui demandaient de jongler dans le dortoir, ses gestes précis trahissant les heures d'entraînement de ceux qui prennent les plaisanteries au sérieux.

Les bouteilles se sont brisées sur le sol et la camionnette a fait tourner le moteur. Avant que ne vienne la colère, Werner s'est senti triste et épuisé, il a posé ses mains sur les débris de verre en regardant son sang se mêler à l'alcool, luttant contre l'envie de se planter le tesson dans la gorge. Dormir pour de vrai. Il s'est laissé tomber, son sac s'est ouvert, les tracts du pasteur se sont envolés et la rue s'est emplie de papier. Werner a crié des insultes et des mauvais souvenirs, les noms des gens qu'il avait aimés et de ceux qui étaient morts par sa faute. La camionnette de fruits et légumes a freiné devant lui, la portière a coulissé et deux agents l'ont tiré à l'intérieur.

Werner est assis seul dans une pièce propre et bien rangée. Devant lui, une table de travers entourée de quatre chaises. Il attend là depuis des heures, il sait par qui il s'est fait prendre et il connaît leurs manières de pervers. Dans la camionnette de fruits et légumes, on l'a empaqueté dans une cellule miniature, juste une chaise et un cadenas, une petite prison mobile dans laquelle on l'a baladé une bonne partie de l'après-midi. Werner n'avait ni peur ni froid ni faim. Il préférait faire des tours de la ville plutôt que de s'enlever le verre de la gorge. La portière a coulissé et une lumière blanche l'a ébloui si fort qu'il a cru s'évanouir. Personne ne l'a frappé, insulté, aucun contact physique. Des instructions claires et des voix de machines, c'est tout ce dont Werner a souffert. La lumière blanche a fait le reste : la peur, le doute, la souffrance et la confusion. La torture sans toucher.

L'homme qui entre dans la pièce est assez jeune pour être son fils. Un petit propret aux doigts délicats, le genre dont il fallait se méfier dans les dortoirs. Il tient sous son bras une mallette rouge dont il sort un dossier sur lequel le nom de Werner est écrit en belles lettres. À l'intérieur, un tract neuf que l'homme pose sur ses genoux. Comme il le faisait à l'école, comme il le faisait à l'armée, Werner regarde fixement devant lui et s'apprête à encaisser. Lorsque Peter Moehn lui pose la troisième question, lorsqu'il lui demande pourquoi un homme de son âge fait le clown sur la voie publique, Werner répond.

« Pour t'emmerder. »

12

Quand il était petit, Karl ne différenciait pas son père de l'église rouge. Haute et massive, intimidante, faite à l'image de celui qui prêche entre ses murs. Des briques constituent chacune de ses voûtes, parallélépipèdes orange taillés aux mêmes dimensions. Une porte immense, battant comme un cœur. Un orgue dans la gorge, couvrant selon les jours des octaves distantes. Pas d'image, pas de visage, pas de symbole, des murs lourds comme la foi. Dans les sous-sols, des secrets vieux de dix ans.

Quand il marche dans la ville, Karl surprend parfois l'ombre de l'église dans son dos. La croix noire qui pend du ciel, dominant les hauteurs. L'œil de Dieu, voyeur infatigable dont on dit qu'il sait tout, tenant les comptes pour déplier plus tard la liste des reproches, s'insinuant dans les pensées des autres, dégoûté de ce qu'il trouve à l'intérieur des hommes. Quand Karl négocie trop bien, quand il conclut une bonne affaire ou ment avec habileté, il sent l'œil fouiller son âme. Il se souvient des heures passées sous les voûtes, saoulé d'ennui, de prières et de contrition. Faire pénitence, reconnaître que l'homme est pécheur, vivre avec la peur au ventre et la honte au corps. Les prédications lui reviennent en mémoire, comme un marquage au fer, comme ces fils qui jamais n'échappent à leurs pères.

Karl s'installe sur le banc du fond alors que tout le monde prie. Ils n'ont pas changé, les fidèles du pasteur. Dans leurs traits ce même air ébahi, satisfait, persuadés de connaître un mystère qui échappe aux autres. Il aimerait les secouer, leur glisser des horreurs à l'oreille pour les tirer de leur prière.

Si tu veux voir les anges, Mamie, prends ton cachet de Faustan avec un schnaps.

Si Dieu t'aimait vraiment, il ne t'aurait pas fait si moche.

Le petit Jésus, je suis sûr que tu rêves de le baiser dans les fesses.

Karl reste assis en silence. Il ouvre son livret de messe et trouve le tract du pasteur.

L'année de ses dix ans, il est descendu chaque semaine pour regarder la presse, malgré les risques, espérant voir s'animer le secret de son père. Il aurait pu aider si on lui avait fait confiance, trouver qui vendait les pièces et négocier des outils pour un quart de leur prix. Mais la presse au sous-sol est devenue un fantôme, épouvantail d'enfance, le rêve s'est transformé en un tas de poussière, du métal bon à revendre.

Ils doivent être si fiers, les deux complices. Le pasteur et son clown, leur machine enfin prête à allumer des flammes, des feux de révolte dans les cœurs endormis. Sur le banc de l'église, Karl comprend que ceux qui prient ici ne viennent plus seulement pour Dieu. Harald et son orgueil, pénétrant ses ouailles par chaque orifice. Ses phrases dans leurs oreilles, ses lignes dans leurs bouches. Ses leçons de morale imprimées en série.

Et
TOI
tu te tais ?

Mais personne à Berlin ne se tait.

On guette, on observe, on espionne et on parle, on parle, on parle. On raconte tout, quitte à mentir pour combler les vides. On inscrit au rapport, on signe et contresigne. On dénonce. Petits fayots amoureux de leur maître, grisés d'être témoin d'un manquement à la règle, ils courent à la centrale de Lichtenberg et vident leurs saletés sur les bureaux de la Stasi. Il y a des choses plus graves que d'autres. Cacher une presse et imprimer des tracts font partie des choses graves. C'est pour cette raison que Karl est venu voir son père.

Harald s'est changé après l'office, il est descendu au sous-sol, et son cœur s'est arrêté quand il a soulevé la dalle du fond. La clé n'y était pas. Le pasteur s'est précipité sur la porte avec la peur en lui, prêt à se faire arrêter. C'est Karl qui l'attendait à l'intérieur, la main sur le levier de la presse, un sourire de défi vissé aux lèvres. Ils ne se sont pas vus depuis l'hiver dernier, déjà cette fois ils avaient failli en venir aux mains.

« Tu n'as rien à faire ici. »

Karl s'excuse volontiers, il ne veut surtout pas déranger et il espère que son père ne compte pas le punir. Lui fouetter les fesses avec sa ceinture. En tournant autour de la presse, il soulève un loquet, tire une feuille du tiroir, tripote un boulon. Il est venu lui rendre visite. Prendre de ses nouvelles et de celles du gros Werner.

« On dit qu'il ne s'est pas réveillé chez lui. »

Quand Werner s'est fait arrêter, Karl s'est renseigné. Pour délier les langues, il suffit d'une montre en argent, d'un gadget électrique ou d'une meilleure position sur la liste d'attente. On lui donne le nom, la date, l'adresse qu'il cherchait. On lui raconte l'arrestation, on lui parle du clown et de ce qu'il distribue. On lui montre le tract. Karl en sait toujours plus que celui qui le renseigne.

« Peut-être qu'il pourrait parler de toi. Des vilaines choses que tu imprimes ici. »

Harald n'est pas inquiet. Contrairement à son fils, il n'est pas homme à se laisser intimider, il préfère le courage aux petits arrangements. Il voudrait aussi que Karl cesse de toucher à la presse, ce genre de mécanique supporte mal les doigtés de voyous. Karl enfonce ses mains dans ses poches et félicite son père pour son courage, ses convictions si pures qu'elles triomphent de la peur. Mais comme toujours, le vieil Harald ne pense qu'à lui. Debout devant ses fidèles, il tend à oublier qu'il n'est pas seul sur terre, que sa petite entreprise fabrique du danger pour tous ceux qui la touchent. Son vieux copain a passé la nuit enfermé, il n'est pas inquiet. Tout le monde dans le quartier parle de ses livrets de messe farcis comme des voitures de contrebande. Il n'est pas inquiet. Et si Karl sait que la vieille Rita les a aidés à mettre la machine en route, c'est parce que d'autres le savent aussi.

« Pour elle non plus, tu n'es pas inquiet ? »

Harald prend un drôle d'air, une question entre les sourcils et une moue d'innocent. Il fait semblant de ne pas voir, de ne pas savoir. Karl se sent infiniment supérieur à son père, incapable de mentir, incapable de protéger ceux à qui il demande de l'aide. Ils n'ont pas été capables de réparer la machine, c'est elle qui s'y est collée.

« Quand Werner aura donné ton nom, toi tu donneras la vieille. Comme pour maman. Tu la laisseras tomber en disant des prières. »

Pour la dernière fois, le poing du pasteur cherche le visage de son fils. Karl a dix-huit ans, son corps n'a pas de masse, il esquive sans y penser. C'est avec sa tête qu'il frappe à son tour. L'os qui se brise comme la carcasse d'un poulet et le sang qui pisse sur la peau.

« Si tu ne fais pas taire ton copain, c'est moi qui m'en occupe. »

Karl sort de l'église et utilise sa manche pour sécher la sueur dans ses yeux. Devenir un homme, c'est troquer l'humiliation de la défaite pour l'aigreur de la victoire.

13

Il se demande pourquoi il ne leur ressemble pas. À travers la porte de la chambre, Michael les regarde bouger, dire, prendre les choses dans leurs mains, se toucher et rire. Il regarde leurs gestes, gestes de grandes, gestes de filles. Belles à s'étouffer, même sa sœur qui n'est jamais vraiment sa sœur quand Hannah lui rend visite. Michael écoute leurs voix, cette façon de dire qu'il s'entraîne à imiter. Il se cache pour les admirer.

Hannah, quand elle rit, pose ses mains devant sa bouche. Toujours au même endroit, toujours au même moment, on devine ses gencives dans l'interstice de ses doigts. Ses cheveux ne se remettent jamais en place, nuage de paille, on peut voir un duvet blond briller le long de ses joues quand le soleil passe dans la chambre.

Michael se promet qu'un jour, il tombera amoureux. Pour de vrai, d'une fille qui leur ressemble, une grande de quatorze ans qui rira comme Hannah et qui l'aimera aussi. Il entrera comme ça dans leur monde, les discussions jusqu'au matin, les connaissances sur tout, l'œil qui sait reconnaître la tristesse dans les mines, l'humour secret, cette façon de passer un doigt dans une boucle de cheveux, la beauté tous les jours et l'amour sans se moquer.

Quelque chose se passe. Hannah glisse la tête de Judith dans la boucle de ses bras, la bouche entrouverte et les yeux brûlants. Elles éteignent leur rire. Hannah est nerveuse et Judith aussi, les pommettes de ses joues rouges comme quand elle ment. Elles se disent certaines choses que Michael, caché derrière la porte, n'oubliera jamais. Elles se ravisent, retombent en riant, allongées sur les coudes et un drôle de regard, les clavicules saillant autour de leur cou. Elles s'approchent encore et s'embrassent en souriant, une respiration forte et le bruit de leurs lèvres. Aucune ne recule quand leurs bouches se détachent, elles restent là, le bout de leurs nez reliant leurs visages, leurs jambes enroulées dans des jeans d'un bleu trop beau pour être vrai. Alors Michael commence à attendre. Il aura dix ans bientôt. Onze, douze, treize ans ensuite. Une année seulement le séparera de ses quatorze ans.

14

Werner boit dans la baignoire. Pour rire, il verse un peu d'eau-de-vie dans le trou de son nombril avant de rentrer le ventre, regarder les volutes se délayer dans l'eau chaude. L'ivresse et la vapeur sont faites pour aller ensemble, la même sensation dehors et dedans. Après les derniers jours, après tout ce qui s'est passé, il mérite. Werner passe sa vie à mériter ce qu'il n'a pas, on le traite n'importe comment parce que les choses ont bien changé. À vingt ans, il était le soldat d'un pays trop grand pour le monde. Maintenant, il se trimballe comme un vieux sac de viande, à la merci de petits scribouillards, lèche-culs et minaudeurs, écrasés par les Soviétiques et leurs fantasmes pervers. Il faudrait naître à soixante ans. Sortir déjà vieux des jambes de sa mère, boire un grand coup, se pendre à un arbre et s'épargner la merde.

Werner n'a jamais bronché et il a fait son boulot. Pas toujours sobre, pas toujours vite, mais il ne s'est jamais moqué de personne et il s'est arrangé pour ne causer d'ennuis qu'aux patrons. Finalement, on pourrait dire que Werner est un bon coco, toujours à soutenir les petits camarades et jamais intimidé par les contremaîtres. Un bon coco, un bon copain. L'idée du clown, ce sont ses camarades de chambre qui la lui avaient donnée. Ils étaient allés voir un cirque pendant une permission, juste une après-midi, et tout le monde avait reconnu Werner dans ce type au ventre énorme.

« C'est ton père, sur la piste ? »

C'est ma mère. Les copains avaient rigolé et l'idée avait

fait son chemin. Quand ils ont construit le mur et que la ville est devenue plus triste qu'un immeuble bombardé, il a fait de son mieux pour égayer l'atmosphère.

Un jour de jeunesse, Werner est tombé amoureux. Marlene, comme l'actrice, elle clignait des yeux et secouait son éventail même quand elle avait froid. L'après-midi qu'ils avaient passée ensemble lui avait coûté la moitié de sa solde, mais il avait raconté aux copains qu'elle était restée avec lui après avoir fini, gratuitement. C'était vrai, elle s'était blottie contre son ventre, la tête dans son épaule, elle lui avait dit qu'il était aussi confortable qu'un coussin, avec sa grosse peau. Il l'avait embrassée et s'était déclaré, Marlene avait dit qu'on verrait après la guerre. Quand il s'allonge, il lui arrive de sentir son poids sur son corps. L'odeur de ses cheveux. Ils se seraient mariés et ils auraient eu dix enfants. Werner leur aurait fait des tours.

Quand ils l'ont accusé de s'en prendre aux gosses, Werner s'est énervé. Ils ont remarqué tout de suite qu'ils avaient touché dans le mille, alors ils ont continué. Ils ont lu des témoignages à vous rendre fou, Werner préfère ne même pas y penser. Il les connaît, du moins il connaît la méthode soviétique et ceux-là sont des petits frères. Il n'a rien dit, il a tout nié et ils l'ont relâché. Pas par gentillesse, Werner s'en doute. En redescendant Lichtenberg il avait l'impression qu'une armée entière était en train de le surveiller. Après quelques jours à ruminer, ses pas l'ont guidé vers la Spree, c'est là qu'il avait prévu de le faire. Une belle fête, et se laisser couler comme une pierre après deux ricochets.

Il allait s'y mettre quand Karl est arrivé, en deux gestes il l'a fait monter sur sa mobylette.

Karl a roulé jusqu'au bout du monde, Werner à l'arrière débordant du siège. Le fils du pasteur a grandi d'un seul coup, des jambes musclées et une tête de malfrat. La même que quand il était petit. Karl est né déjà vieux, lui aussi, il avait tout compris à dix ans et Werner se rappelle ses menaces devant la presse. Il avait tenu sa langue, finalement. Quelque chose dans le regard de Karl semble dire qu'il resterait silencieux devant un marteau lui brisant les doigts, son père n'a jamais pu le supporter. C'est triste, un père qui déteste son fils. Il a conduit vite, les mains sur le guidon de sa mobylette rouge et la cigarette entre les lèvres, traçant dans la forêt alors que Werner commençait à avoir soif.

C'est une petite maison en lisière de forêt, avec baignoire et cuisine. « La datcha d'Ulbricht » a dit Karl, mais Werner était occupé à fouiller le sac rempli de cigarettes et assez de provisions pour une beuverie à cent. Il lui a fait couler un bain et il l'a aidé à se déshabiller, une manche après l'autre, Werner s'est glissé dans l'eau comme un nouveau-né retournant dans le ventre de sa mère, en tétant joyeusement et en se pissant dessus. Il a bien compris ce qu'ils font ici, c'est dommage pour le petit qui aurait pu s'épargner la peine. Pas rancunier, le gosse, de vouloir sauver la peau de son père.

15

Elle a pris goût aux rapports, aux papiers. Plus elle fouille et plus elle trouve, c'est incroyable ce qu'on peut comprendre en restant assise quelque part à regarder les autres. L'officier supérieur lui demande de rester concise, de se concentrer sur ce qu'il appelle les « faits ». Il lui fait retirer les passages trop longs, quelques belles formules qui lui sont venues sur le moment. Il faut voir la façon dont ils se tiennent, les officiers de la Stasi. Leur grand bâton planté là où on s'imagine, pas vraiment des artistes. Mais elle, elle est devenue biographe, regardant la vie bien en face, observant ceux qui la traversent et rapportant tout dans ses notes. Il y a ce que l'on voit et ce que l'on devine, elle voudrait tout écrire et oublie sans cesse de regarder sa montre. La plupart des horaires, elle les invente. *Il entre dans l'église à 9 h 45. Il ressort de l'église à 10 h 44, vraisemblablement ivre.* L'officier supérieur lui demande si elle est sûre. Elle est sûre.

Il y a tout un monde qui gravite autour de ce clown de Werner. L'église, il n'y va que quand personne n'y prie, elle est certaine qu'il s'y passe des choses dignes d'être écrites. Le pasteur ressort toujours avec cet air de maître d'école. L'autre fois, il tenait un mouchoir sur son visage, plein de sang, les hommes comme lui finissent toujours par se faire casser le nez. Dans son bar habituel, Werner Behrens se met dans des états inhumains. Elle a passé quelques soirs au Tante Lotte, la patronne lui jetant ses tasses de café sur la table. Il y a cette femme abominable qu'ils appellent Rita, Margarete Wolter, elle s'est renseignée. On dit qu'elle n'a jamais su retenir un homme et qu'elle s'est fait engrosser sur le tard. On dit qu'elle pique des colères chez Konsum parce que les rayons sont vides, trop feignante pour se lever une heure plus tôt et s'éviter la queue. Elle l'inclut dans ses rapports, la suit quand elle n'a rien de mieux à faire. Sa fille est toujours fourrée avec une gamine aux cheveux noirs qui lui tripote les cheveux. À leur âge, on pourrait presque croire à de l'obscénité.

Ce matin qu'elle regardait Werner marcher vers la Spree, elle s'est demandé s'il comptait sauter. C'est drôle, vivre dans les bottes d'un autre. Décrire tout ce qu'il fait et imaginer ce qui se passe dans sa tête. On se rapproche, c'est évident. On comprend certaines choses et on s'attache un peu. Elle s'est demandé ce qu'elle ferait s'il se tuait. Comment elle articulerait la scène. Si elle se mettrait à l'eau, à son âge, pour lui porter secours.

Et puis une mobylette est arrivée, un homme l'a pris par le bras, en une seconde ils ont disparu. Le kidnapping du clown, elle en a fait un très beau rapport. Comme elle avait oublié de mémoriser le visage du motard, elle s'est décidée pour un homme sans âge, la peau grêlée, une flamme dans le regard et une cicatrice sous l'œil.

16

Là où c'est que j'habite, c'est une vieille bâtisse,
Sombre et renfermée. Ben ouais, 1910 !
Un vieux nain branlant, là-dedans tout qui pègue.
Y en a plein comme ça, à Prenzlauer Berg.

Là où c'est que j'habite, ça tiendra pas long.
Déblayé, refait sur plan de construction.
Dès 90, d'après le Parti :
Plus besoin de râler, plus d'apparts pourris.

Une idée pour vous, je le dis comme ça vient :
Construire un quartier pour les musiciens.
On pourrait jouer aussi tard qu'on veut
Sans faire chier personne. Jamais silencieux.

Voyez par vous-mêmes je fais pas que me plaindre :
Je note, je propose. Je vais même repeindre.

À la radio, ils jouent la chanson de Reinhard Lakomy, le poste est posé à côté de la fenêtre donnant sur la cour. L'immeuble a été construit au tout début du siècle, de belles formes et des stucs élégants. Il a été construit du temps où les choses étaient différentes à Berlin, une époque que Rita n'aurait pas aimé habiter. L'immeuble est beau mais il est vieux. Les murs tiennent à peine debout et les façades sont comme déchirées par la crasse, la poussière rouge que l'on retrouve sur les dalles de la cour. À l'intérieur, c'est la suie qui tient les choses en place. Le lignite brûlé qui s'étale comme une maladie de peau, comblant les fissures de cette drôle de couleur plus violette que noire. Son immeuble ressemble au pays qu'elle aime et qu'elle rêverait de voir changer. Racler la suie et boucher les trous, lever la tête, déblayer les stucs et peindre les façades en d'autres couleurs. Des pastels jaune, bleu, des rouges vifs.

Il est parti et elle s'est mise à la fenêtre, tremblante, pour fumer une cigarette. Quand elle entendra ce qu'elle va lui dire, Rita sait qu'Hannah s'éloignera d'elle. Elle va hurler, protester, elle va tout faire pour se battre. Pour obtenir ce qu'elle veut, ainsi que sa mère a essayé de le lui apprendre. Quatorze ans, belle avec ses boucles et son corps élastique. Il va falloir s'habituer à voir sa bouche tordue et ses yeux pleins de larmes. Rita va parler, et Hannah s'en ira. Pas de la maison, par pour l'instant, elle partira d'une autre façon. En pensée. En amour. Alors Rita fume et regarde tomber le soir. Il lui a gâché la soirée. Il leur a peut-être gâché la vie.

Peter Moehn est venu vers la fin de l'après-midi. Il est venu seul, ou peut-être que non, on ne peut jamais être sûr avec ces gens-là. Il a frappé à la porte, des coups brutaux, une permission dont il n'avait pas besoin. Rita a pris son temps pour ouvrir, par peur plus que par défi, tout le monde a ses secrets et Rita ne fait pas exception. Il faut avouer mais avouer quoi ? De toute la liste, quel est l'élément connu, celui pour lequel on exige des excuses, une réparation ? Et lesquels pourrait-on trahir sans le vouloir, se tromper et trop en dire, donner par mégarde un chef d'accusation supplémentaire ?

Peter avait presque oublié la taille des pièces, le manque de lumière et cette odeur qu'Inge ne pouvait pas supporter. L'appartement de Rita est bien plus petit que celui qu'ils avaient eu en arrivant. S'il n'avait pas l'habitude d'entrer chez les autres, Peter aurait placé un mouchoir sur son nez.

Ces endroits se ressemblent tous. Les mêmes meubles, traversant les âges sans prendre une rayure. Le papier peint dont les lampes jaunes éclairent les motifs. Pour habiller les murs, un portrait de Karl Marx et un dessin de la petite. Chez Rita, une chose le surprend néanmoins, c'est le nombre d'objets étranges, assemblés, disparates, qui peuplent les étagères et la table près de la cuisine. Tout ici semble avoir été fabriqué. Peter serait incapable de dire à quoi servent ces machines miniatures : des cuillères trouées, vissées sur un socle de bois, un bouchon de plastique relié à un fil rouge, passant dans un anneau et dans un autre ensuite. Une conserve découpée, fixée à même le mur. Il y a aussi, plus facilement identifiable, une radio dont l'antenne repose sur un clou. En la pointant du doigt, Peter brise le silence.

« Ça capte l'Ouest ? »

Rita répond que ça capte suffisamment pour écouter de la musique. Elle se justifie déjà. S'il est venu seul, s'il ne l'a pas convoquée et qu'ils parlent ici, chez elle, c'est uniquement par courtoisie. Peter n'est pas un homme qui a pour habitude de faire des exceptions. Est-ce qu'elle le sait ? Les questions qu'il pose n'appellent pas toujours de réponse. Sans qu'elle l'y ait invité, il s'assoit sur la chaise de la cuisine et tire une cigarette d'un paquet jaune et rouge.

Les hommes du monde fument des Salem blondes.

D'un mouvement du petit doigt, il pointe au mur le dessin d'Hannah.

« Il est où, le père ? Il est mort ? »

Pas de père. Elle aurait aimé y mettre toute la fierté qu'elle ressent en regardant sa fille grandir mais c'est une autre voix qui est sortie de son torse quand elle a répondu. Stagnante et toxique comme les odeurs d'usine. Peter sourit maintenant. Ses silences sont plus forts, chargés de mépris, secoués de l'excitation de ceux qui gagnent à tous les coups. Elle parvient à lui demander pourquoi il est venu, elle regrette aussitôt, elle tremble d'avoir déjà trop parlé.

« On dit que vous avez eu un coup de sang. Que vous avez crié dans un magasin. »

Il jubile.

« On dit d'autres choses. On dit que vous avez vos habitudes dans un bar près d'ici, on dit que vous y faites de très mauvaises rencontres. »

Il ouvre un carnet et trouve le nom qu'il cherchait. Tante Lotte. Un endroit particulier pour une femme seule, pour une femme de son âge. C'est un grand carnet noir dans lequel il se repère avec aisance, assez épais pour contenir des milliers de noms. Rita ne savait pas qu'il était interdit de boire une bière après le travail. Depuis qu'elle ne fait plus les nuits, elle s'y rend souvent et les rencontres ne sont pas moins bonnes qu'ailleurs. D'un doigt, Peter parcourt quelques pages et se permet de la contredire, il se permet, juste avant de faire flotter dans la pièce le nom de Werner Behrens. Comme un greffier son compte rendu, il lit :

Monsieur Behrens a été retrouvé dans des états déplorables, à plusieurs reprises. Il est identifié comme ayant appartenu à divers mouvements fascistes, pendant et après la guerre, profère publiquement des opinions subversives, porte atteinte à l'ordre public en pleine rue et témoigne d'une attirance dérangeante pour les jeunes enfants.

De très mauvaises rencontres. Rita répond que l'alcool transforme les hommes en bêtes et qu'il ne faut pas croire tout ce qu'écrivent les gens. Qui plus est, elle ne connaît Werner que de nom et ne se rappelle pas lui avoir jamais adressé la parole. Peter lit pour lui-même d'autres pages du carnet. Avec méticulosité, il sort de sa mallette une feuille de papier sur laquelle un message est imprimé à l'encre noire. D'instinct, Rita détourne le regard du tract, elle s'empêche de lire les mots qu'elle reconnaît. Alors Peter se lève d'un coup, faisant basculer sa chaise en arrière, il s'approche d'elle et lui parle dans l'oreille, sans la toucher. Il sent la cigarette et la mousse de rasage.

« Tu m'écoutes attentivement, je ne te le dirai qu'une seule fois. Toi et ta petite conne, vous allez vous faire discrètes. Vous allez garder vos distances. Je ne veux plus vous voir ni autour de ma femme ni autour de ma fille. Sans quoi je te colle dix ans et je détruis son avenir. »

Depuis qu'il est parti, Rita n'a pas bougé de la fenêtre. S'il est venu seul, si elle n'a pas été convoquée, c'est parce qu'il craint pour son poste. Il craint que les fréquentations de sa femme ne lui attirent des ennuis. Une vie de travail. Rita est devenue infréquentable. Elle se met à tousser, ses poumons dévorés cognant contre ses côtes. Un goût de fer dans la bouche. Les hommes comme Peter vous font attraper la mort.

17

Chère Hannah,

Pourquoi tu ne réponds pas ? Je sais que tu reçois mes lettres, mon père se charge de les faire envoyer en service prioritaire. Si tu veux me rendre heureuse réponds juste un mot. Si vous achetez un téléphone, appelle-moi. Je t'en veux.

Je t'écrirai demain,

Judith

P-S : Si j'ai fait quelque chose qui t'a fait du mal, je retire et je te demande pardon. Pardon. Pardon. Pardon. Pardon. Pardon.

18

Sa colère, c'est comme une pile de verre cassée au creux de son cœur. Ça bouge, en bougeant ça fait mal. Sa colère, elle fait partie de ces choses laides que les adultes avaient prédites. Les tu verras, tu comprendras quand tu seras à ma place. Ces trous de mystère dont ils parlent en souriant, fiers au fond d'en savoir un peu plus, l'insupportable certitude et le rictus blessant. Incapables d'imaginer autre chose pour leurs enfants que la répétition morne des vies déjà vécues. Hannah plaint les adultes. Elle les plaint sincèrement, leur stupidité fait peine à voir.

Tu seras seule. Je te jure, tu seras seule. Les amitiés, on les imagine éternelles et puis la vie avance et les chemins s'écartent. À votre âge, je pensais la même chose. À votre âge, nous étions exactement pareilles. Comme vous êtes drôles. Comme vous êtes sottes. Comme vous avancez, petites bêtes aveugles, certaines d'être premières dans les traces que nous avons creusées pour vous. Comme vous vous croyez libres. Vos amertumes aussi sont prévues depuis longtemps.

Hannah a frappé le mur, le poing serré, un coup qui part de l'épaule, le poignet éclaté comme un œuf sur la pierre. N'en déplaise à ceux qui savent, personne n'a ressenti pareille colère avant elle. Pareil amour. Prête à semer la mort pour un regard de biais.

Hannah a demandé pourquoi. Rita a fermé la porte de la chambre et elle a précipité son doigt sur sa bouche avant de montrer le plafond.

« Ils écoutent. »

Sa mère s'est mise à tousser, une quinte horrible, une haleine de sang. Elle a écrit sur une feuille des mots mal dessinés. Son index n'a pas quitté ses lèvres quand elle a dit qu'il fallait se faire discrètes, se faire toutes petites à partir de maintenant. À l'usine, ils l'ont changée de service, c'est un premier avertissement. Ils. Elle a dit « ils » comme on parle des fantômes, en montrant la fenêtre, les ampoules de la cuisine. Pas une seule fois elle n'a dit « toi ». Pas une seule fois elle n'a dit « vous ». Hannah a posé une question et les yeux de Rita se sont écarquillés, comme si elle avait entendu l'injure la plus atroce, le mot le plus vulgaire, elle a collé sa main sur la bouche de sa fille en lui demandant si elle était folle. Dire ces choses-là vous envoie en prison. Hannah est restée plantée debout, silencieuse, essayant tant bien que mal de remettre les choses en ordre. Trouver un peu de sens. Elle a demandé « quand », à quel moment elle pourrait revoir Judith. Rita a regardé sa fille comme une gamine qui ne comprend pas ce qu'on lui explique. Elle s'est contentée de dire que ces gens-là ne pardonnent jamais. Puis elle s'est mise à pleurnicher, tellement punie de devoir ainsi punir sa fille, tellement malheureuse de vivre dans un pays malade. Hannah a eu la sensation de se faire tirer dessus. Une balle dans l'estomac perçant le sac de haine. Elle a vu le visage des professeurs d'école, des gros ministres à la télévision, répétant les mêmes textes jusqu'à la nausée. Le pays, le grand pays, notre pays, les ennemis, les méchants, le danger, le mur, le mur, le mur, les voisins, l'Union soviétique, le futur les ouvriers les travailleurs les pionniers les foulards la santé l'exercice le fascisme le drapeau rouge la révolution l'avenir radieux le plan de construction le plan quinquennal le plan de la ville la capitale les commandements : toujours prêts ! Avant de frapper le mur de la chambre, elle a regardé Rita qui se glissait dans son lit, malade en pleine journée. C'est une vieille femme qui remplace sa mère sous la couverture verte. Les bras sans force, dans le regard une inquiétude de folle.

Il y a certaines choses qu'ils ne comprendront pas. Des choses à peine dicibles, des choses infiniment plus grandes que leurs histoires de mur. Voir son visage comme on s'installe au soleil. Se laisser irradier, le cou offert, les paupières closes. Reconnaître son parfum tout au fond d'un tissu. Rire seule d'un souvenir, s'endormir, rêver et se réveiller le même regard en tête. Garder les baisers dans les lèvres, mordre doucement pour les sentir encore.

En se tenant à la rampe de l'escalier, elle saute à chaque palier une plus grande volée de marches. Trois, puis cinq, puis sept. La douleur se propage dans ses chevilles, de plus en plus sourde et presque agréable. Elle se sent forte d'avoir mal, de vouloir faire du mal. Elle se sent mieux d'être méchante. Elle pourrait tout oser, fumer comme Judith ou boire jusqu'à vomir. Partir en Hongrie, en stop, se faire une vie là-bas. Passer le mur avec une perche, au revoir et bonne journée. Elle ferait enfermer sa mère à la prison pour femmes, bouffée par les rats, Hannah et Judith claqueraient la fenêtre de leur chambre pour ne pas entendre crier la vieille, vu comme elle tousse elle n'en a plus pour longtemps. Elle se répète les mots plusieurs fois dans sa tête, elle invente d'autres histoires, elle fait souffrir sa mère de mille façons.

Avant de s'asseoir sur les toilettes, Hannah descend sa culotte jusqu'aux chevilles. La trace rouge et noir lui saute aux yeux. Après la stupeur vient la résignation, il fallait bien que ça arrive, elle s'essuie en serrant les dents. C'est un jour de défaite. On lui a dit que ses règles feraient d'elle une femme, fini la course et les poiriers, l'arrogance de gamine. Fini le mouvement, elle en a bien assez profité. Fini.

19

Sur le piano de Michael, la partition est ouverte au milieu, là où brillent les agrafes. S'il joue sans erreur, peut-être qu'il parviendra à consoler Judith. Il positionne ses doigts sans commencer tout de suite : il faut entendre la mélodie dans sa tête avant de faire sonner la première touche.

Depuis plusieurs semaines, le professeur lui fait travailler les *Berlinoises,* d'Emil Wiedemann. Il dit qu'il suffit de les entendre pour se promener en ville, chaque miniature comme une scène de quartier, la photographie d'un moment sur le vif. Michael choisit la neuvième, c'est aussi celle que Judith préfère.

Parce que le professeur n'est pas là, Michael ajoute un

temps à la mélodie, il fait tomber ses doigts sur deux notes en même temps. Deux notes inséparables qu'il tient l'une contre l'autre avec sa pédale. Judith sort de la chambre, avant de partir elle pose un baiser sur son front.

Assise sur la selle, Judith fume jusqu'à se brûler les doigts et demande à Karl une cigarette neuve. Sa mobylette est posée sur la béquille, il attrape une bouteille dans son sac et boit plusieurs gorgées avant d'essuyer l'alcool tiède avec la manche de son blouson. Il a tellement peur qu'il pourrait lui avouer ce qu'il vient de faire, partager la charge. Pendant qu'elle fume il s'approche, les lèvres contre son oreille, comme cette fois au canal il y a longtemps déjà.

« Tu te rappelles, quand tu étais petite ? Je t'ai sauvée. »

Elle se rappelle.

« Tu sais pourquoi je t'ai sauvée ? »

Elle sait. Alors il la touche et elle se laisse toucher.

20

Quand le gamin s'est approché par-derrière, Werner a fermé les yeux et s'est laissé couler dans la baignoire. Le pauvre gosse a posé ses mains sur ses épaules et il a appuyé de toutes ses forces, les muscles crispés. Parce que Werner n'opposait aucune résistance, les bras du garçon ont cessé de trembler, son poids sur lui s'est amoindri. De l'autre côté de la surface, Karl se disait sans doute qu'il n'y avait rien de compliqué à tuer un homme, un vieux, plein comme une barrique. C'était à la fois vrai et faux, Werner aurait eu assez de force pour retourner la situation. L'attraper par le cou et le faire basculer dans l'eau, l'étrangler entre ses jambes. Pas aujourd'hui. Aujourd'hui, il retient son souffle et fait dérouler la liste des choses qu'il aurait dû faire avant.

Une dernière nuit à la bière plutôt qu'au schnaps.

Des enfants avec Marlene. Dix.

Dire au revoir au pasteur, s'excuser peut-être.

Pour le reste, il a fait comme il a pu.

1988

1

Rien n'a changé dans cette partie de Berlin. Prenzlauer Berg a gardé ses façades et d'autres vieux ont remplacé les vieux. Il y a la mercerie de Mme Schimmelpfennig, les stucs des balcons et les grandes portes d'entrée, une chaise trouée et un carton contre le dossier : *à donner*. Il y a l'appartement d'Hannah et de Rita, quatrième côté cour, un cendrier à la fenêtre et des mégots en pyramide. Les poêles dont les fumées se mélangent pour former un couvercle au-dessus du quartier.

Plus loin à l'est, les nouveaux ensembles ont fini de s'élever dans les airs, leurs murs épais et leurs angles droits. Ceux qui n'y vivent pas critiquent, des boîtes à travailleurs plus que des appartements de luxe. Quand bien même, le béton laisse rêveur. La Karl-Marx Allee s'étend vers l'infini, trace son propre horizon à coups de lignes franches, le salon en porte-à-faux du Kino International protège les files d'attente de la pluie comme du soleil. Il y a les parcs, immenses, et cette lumière de fin d'après-midi qui semble venir des lacs, de la forêt autour. Un voile tiède déployé sur les choses. Un faisceau de nature.

Hannah travaille à la mercerie mais n'a jamais voulu apprendre à coudre, elle sait à peine arranger un bouton ou faire un ourlet de pantalon. La mercerie ne compte qu'une seule couturière, Mme Schimmelpfennig est une femme exigeante, silencieuse et précise, elle tient le magasin depuis son ouverture. La machine, elle ne l'utilise que pour les tissus épais, préférant plus souvent la mécanique de ses doigts, sa connaissance exhaustive des trous, des déchirures, des fils à doubler et des fermoirs qui ne ferment plus.

Depuis son premier jour, il y a presque sept ans, Hannah a perdu la notion du temps. Le rangement, les tables de prix, les arrivages et les comptes. Le classement des tiroirs, faire de l'ordre et calculer le chiffre du jour. Tout ce travail au crayon à papier, succession de chiffres à virgule et de pelotes de fil. Elle se réveille à sept heures, traverse deux rues pour arriver à la mercerie, s'assoit et se relève quand sonne la fin de journée, juste en même temps que Mme Schimmelpfennig. Les deux femmes baissent le rideau en fer, l'une en tournant la manivelle et l'autre en aidant le mouvement rouillé du mécanisme, effort ponctuel d'une vie immobile. Elles se quittent sans un mot et Hannah rentre chez elle. Les deux mêmes rues. L'ennui. Le vide de la vie qui produit cette étrange vitesse, les années se succédant à une cadence frénétique, chacune plus courte que la précédente, chacune représentant une fraction plus faible de la vie d'Hannah. Le travail. L'appartement qu'il faut garder propre. Rita qui tombe malade. L'appartement qu'il n'est plus question de quitter. Un bruit, un froissement, une année de plus. Vingt-sept ans sans prévenir. Tout est encore à faire. Tout est déjà trop tard.

La vie d'Hannah s'est arrêtée quand elle a compris que Rita perdait la sienne. Ses soixante-cinq années d'existence s'achèvent petit à petit, une quinte de toux après l'autre, un saignement ou une douleur de poitrine. Les muscles de ses bras ont fondu, laissant sa peau vidée pendre sous ses aisselles. Il a fallu du temps, plus de dix ans pour que Rita perde tout ce qu'elle était. La force, l'humour, la tendresse et le courage. Elle est tombée malade en 1975, au meilleur moment de l'adolescence d'Hannah. Dans l'appartement où tout était permis, il fallait désormais parler à voix basse. Il fallait s'assurer que le sol reste propre pour ne pas faire tousser, que le dîner soit prêt pour ne pas avoir faim. D'une année sur l'autre, sa mère a changé, l'inquiétude l'a marquée au visage. Elle levait le doigt pour faire taire sa fille et posait sa main en cône contre son oreille. Elle attendait longtemps, assise sur la chaise de la cuisine, espérant déceler une preuve dans le silence persistant.

« Tu entends ? Ils écoutent. »

Elle jurait avoir vu les choses changer de place. Les chaussures inversées. Le tabouret sous la table. Une odeur étrangère dans la cage d'escalier et tous les bocaux retournés sur la tête.

« C'est toi Hannah, c'est toi qui as retourné les bocaux ? »

La toux revenait, ses poumons encrassés se froissant dans son torse. Hannah tapait dans le dos de sa mère en espérant la voir reprendre des couleurs.

« Arrête. Tu empires les choses. »

Le pasteur Harald s'est fait arrêter et l'état de Rita s'est aggravé, la toux et la paranoïa dans la même mesure. Ils. Toujours les mêmes. Ils la tuaient à petit feu. Ils cherchaient à la rendre folle. Ils finiraient par la prendre elle aussi, l'enfermer comme le pasteur et la laisser crever là-bas, dans la prison pour femmes de Hoheneck. Hannah s'est interdit de vivre pour faire survivre Rita. Avant d'être la mercière de Mme Schimmelpfennig, elle a été l'infirmière de sa mère. Celle qui voit le désastre formé à l'horizon, qui comptabilise chaque jour les petites régressions, le poids perdu et les rides nouvelles.

Petit à petit, comme si elle avait enfin baissé les armes, Rita n'a presque plus rien dit. Elle n'a plus parlé des écoutes ni des intrus, ni des micros cachés dans les papiers peints ou le culot des ampoules. Tais-toi, dès qu'Hannah se plaignait des rayons vides ou des listes d'attente, des lenteurs administratives, des policiers bas du front et des mesquineries de l'État. Tais-toi ! Un doigt sur les lèvres et l'autre vers le plafond. Tais-toi. Dès que revenaient dans la bouche d'Hannah les prénoms du passé. Harald. Karl. Werner. Inge, Peter, Michael. Judith.

Le plus sûr est de rester chez soi. Se laisser aller et se trouver des ennemis moins dangereux. Les Fidschi par exemple, qui débarquent du Vietnam par centaines. On dit qu'ils mangent du rat et de la viande de chat, il faut reconnaître que leurs enfants sont beaux.

« Tu seras plus tranquille quand je ne serai plus là. »

Hannah a seize ans, l'idée de perdre sa mère la terrifie.

« Ce sera plus simple pour toi, si je meurs. »

Hannah a vingt ans, elle lui demande de ne pas dire de bêtises en lui massant les jambes.

« Tu dois être impatiente. C'est normal. »

Hannah a vingt-cinq ans, elle change les oreillers qui se salissent de plus en plus vite.

« Ce n'est pas parce que tu seras bientôt toute seule que tu dois étaler tes affaires. Je suis désolée d'être encore vivante. »

Hannah a vingt-sept ans depuis deux semaines. Elle plie ses vêtements en se mordant la langue, son regard apparaît dans le miroir. Elle lui ressemble, quand elle s'aigrit.

2

Peter ferme les yeux, un rayon de soleil traverse la vitre pour se cogner à son visage. Il penche sa tête vers l'autre oreille du fauteuil. Sur le balcon d'en face, un voisin fume une cigarette, la chemise ouverte et la peau déjà rouge. Difficile de croire que les feuilles vertes des arbres n'étaient que des bourgeons la semaine passée. L'appartement est baigné de lumière, il fait presque trop chaud, des odeurs de cuisine passent dans le salon.

Inge a préparé des roulades de bœuf. D'abord, elle aplatit la viande avec le fond d'une casserole, une pièce par personne étalée sur la planche en bois. Un peu de sel, du poivre et une épaisse couche de moutarde avant d'ajouter les oignons, les cornichons coupés dans le sens de la longueur et quelques tranches de lard fumé. Le jaune d'œuf qu'elle effrite sur le lard fait la particularité des roulades d'Inge. Entre ses doigts de chimiste, elle enroule les pièces de viande en de courts cylindres. Lourds et épais comme les déjeuners de famille. Il faut les attacher avec de la ficelle avant de les cuire dans une cocotte, quelques minutes à peine parce que la viande est fine. Elle les remplace ensuite par les carottes et les oignons qu'elle achète au magasin. Une bouteille de vin rouge moins un verre pour Peter, laisser réduire sans fermer le couvercle. Une tombée de chou et des pommes de terre. Un gâteau de fraises et de la bière au frais, c'est tout. Le couvert est mis pour six, Judith et Rainer viennent déjeuner avec les petits.

Judith et Rainer ont fait l'amour ce matin, pendant que les enfants jouaient. Il arrive quelquefois que Sascha et Christopher s'occupent seuls, dans un calme relatif. Judith a poussé la couverture sur ses pieds et elle a enlevé sa culotte pour que son mari s'installe sur elle. Il s'est allongé, les yeux fermés jusqu'à ce que son sexe se mette à durcir, et Judith l'a guidé à l'intérieur. Depuis la naissance de Sascha, elle est gênée quand Rainer va trop vite. Elle a perçu son agacement lorsqu'elle lui a dit de ralentir, l'envie qu'il avait de se soulager rapidement pour commencer la journée. Judith s'est demandé ce qu'il imaginait dans le secret de ses yeux clos, sans doute un corps plus jeune, plusieurs corps à la fois. Il a accéléré quand même et la douleur est venue. Une crampe au milieu, presque une courbature. Elle a fait l'effort de se détendre pour que rien ne l'empêche, il s'est crispé avant de relâcher. Judith a reçu son souffle sur le visage, un long soupir de travail accompli.

Alors que Rainer était à la salle de bain, Judith a fait glisser sa main sur son ventre avant d'arriver à l'endroit qu'elle cherchait. Comme on ravive un souvenir, elle a effleuré sa peau avec le bout de son doigt. Elle aurait aimé prendre son temps, appuyer plus fort, un peu moins fort, enlever sa main pour mieux la faire revenir. Reproduire en pensée le contact de lèvres se posant sur ses lèvres, la douce familiarité d'un corps pareil au sien. Mais Rainer est revenu et elle a retiré sa main. Il lui a demandé de se préparer et de préparer les garçons. Pour une fois, ils pourraient essayer de ne pas être en retard.

Sascha et Christopher jouent sur le balcon. Ils se tiennent par les épaules et appuient leurs têtes l'une contre l'autre, de plus en plus fort. Les enfants ont le front large de leur père, ses os épais. Rainer a l'habitude de dire que jamais il ne les a vus malades, que ces deux-là pourraient passer l'hiver dehors, des seaux d'eau jetés sur leurs cheveux sans que ni l'un ni l'autre attrape le moindre rhume. Judith acquiesce, chassant de ses souvenirs les semaines de fièvre et les vomissements, la jaunisse et les maux de dents, les genoux en sang et l'arcade ouverte, les pleurs inexplicables du nouveau-né, la fragilité de son cri et l'ombre de la mort dans chacune de ses larmes. Sascha est né quinze mois après Christopher.

Ses grossesses se sont bien passées. Elle a été nauséeuse les cinq premiers mois et il lui a été impossible de trouver le sommeil lorsqu'elle portait Christopher, le bébé bougeait peu, elle s'inquiétait de ce que dirait Peter si elle perdait l'enfant. Il y a eu l'acné sur son visage et les douleurs au dos, des contractions plus fortes pour Sascha et un déchirement qui ne s'est jamais soigné. Il y a eu la déception de découvrir des visages qui ne lui ressemblaient pas, la sensation d'avoir porté les fils d'une autre, la honte de penser de pareilles choses lorsqu'il aurait fallu être la plus heureuse. Judith a repris le travail en 1985, elle enseigne l'allemand à l'école secondaire.

Alors qu'il est le cadet, Sascha est le plus fort des deux. Il a été un bébé gras, lourd dès la naissance, effaçant en quelques mois l'année qui le séparait de son frère. Christopher perd les jeux et les courses, les bagarres, les disputes, humilié d'avoir été battu par plus petit que lui. Rainer s'inquiète, Peter aussi. Le père et le grand-père voient poindre chez l'enfant les premiers signes de la fragilité, une couche de soie sous de la laine bouillie, et ces milliers de riens qui font que certains hommes n'en sont pas vraiment. Les larmes, les abandons, les jupes de la mère et les amours déviantes. Rainer et Peter regardent les gosses lutter sur le balcon, ils comptent les points, chacun sur un fauteuil. Christopher se cogne contre la vitre, il se met à hurler et Sascha rit de la médiocrité de son frère. Peter hausse les sourcils. Rainer secoue la tête.

« Arrête un peu de pleurer, tu veux ? »

Judith aide sa mère dans la cuisine. Elle essuie les assiettes au torchon, propres et mouillées d'une eau tiède sur laquelle perlent encore quelques bulles de savon. Inge nettoie avec une brosse, un bac d'eau claire et un d'eau savonneuse, Judith range sans prendre de retard sur le rythme de sa mère. Les couverts dans le tiroir, le plat dans le buffet et la poêle au crochet. Sec, propre. Elles travaillent en silence dans le fond de l'appartement. Elles écoutent d'une oreille ce qui se passe dans le salon, prêtes à intervenir. La mère et la fille profitent de ces moments simples, de ces tâches faciles pour passer en revue les affaires quotidiennes. Mentalement, elles dressent les listes de courses, les changements d'humeur, les emplois du temps et les anniversaires, les secrets à garder et le travail de la journée, entre celui du matin et celui du soir, les directeurs et les collègues avec lesquels il faut s'entendre, qu'il faut bien consoler quand les choses ne vont pas, les élèves toujours sages et le laboratoire toujours propre. Excellentes.

Il arrive que leurs regards se croisent. Inge les mains dans l'eau, dans la saleté des autres, Judith le torchon sur l'épaule comme une patronne de Kneipe. Un sourire bref. Une gêne.

Alors que la vie pourrait être adéquate, les deux femmes ont gardé tout au fond de leur cœur des souvenirs bruyants, colorés par le rire, tremblants d'excitation. Une époque dont on ne parle plus, si lointaine maintenant. Inge et Judith se souviennent des crises de folie douce, des barbes de mousse et des amitiés aussi chaudes que les premiers soleils d'été. Dans les yeux de sa fille, Inge voit passer les fantômes d'une enfance interdite. Les échappées de la fin de semaine, les après-midi sur la Panke et les invitations à dormir. L'amour dans le regard de Judith quand sonnait le rire d'Hannah, la joie d'avoir trouvé l'amie qui restera.

Dans le salon, on entend le bruit d'une tête qui frappe contre la vitre. Il y a un instant de silence et des pleurs étouffés. La voix que prend Rainer quand son fils lui fait honte. Inge pose l'éponge et Judith accroche le torchon, Christopher se laisse prendre dans les bras de sa grand-mère. Ils jouaient, il ne s'est pas vraiment fait mal. On emmène le garçon en cuisine, on laisse les hommes entre eux et le silence revient. Alors qu'ils se ressemblent tant, Rainer et Peter n'ont jamais rien à se dire.

3

La liberté, c'est cette ligne de poudre blanche dans laquelle Karl plonge tout entier. Dans sa narine, cent Deutsche Mark à travers lesquels tourbillonne une neige éternelle. Il suit la trace de gauche à droite, les poumons trop pleins d'air à force d'aspirer. Il n'en gâche pas une miette, une jambe de chaque côté de la pissotière, le pantalon bouclé. Quand la paille n'aspire plus que de la poussière, Karl rejette la tête en arrière et se pince le nez. La musique se fait plus sourde, son volume s'atténue pour devenir cette chaude couverture de son à l'arrière-plan du monde. Il ferme les yeux. Il laisse agir. Instantané de plaisir découpant les synapses, mélangeant les signaux, capharnaüm électrique de messages déraillés. C'est quand plus rien ne marche que tout se met en ordre, c'est quand le cerveau cède qu'apparaît la beauté, l'éblouissante complexité du monde.

Au mur, le carrelage se met à briller. Une blancheur dans laquelle il voit son reflet, les courbes de son visage d'homme, trente et un ans et des épaules de cuir moulées dans un blouson. D'un geste du pouce, il ouvre son pantalon et pisse. Derrière la porte fermée des toilettes voisines, il entend des râles excitants, des à-coups brutaux et la poignée de plastique qui monte et descend comme une machine cassée. Les souffles d'un homme et ceux d'une femme. La jouissance dans l'outrage et les odeurs de merde. Karl se retient de défoncer le loquet pour se glisser dans les corps qui s'agitent si près de lui, l'un après l'autre et avec la même soif. À Berlin-Ouest, il imagine que ces choses-là se font.

C'est comme ça qu'il est, de ce côté du mur. Exubérant. Il suffit d'un peu d'argent pour se faire donner la meilleure table, il suffit d'un peu de poudre pour reprendre confiance. À l'Ouest, les choses sont simples, les choses s'achètent, les réverbères éclairent si fort que la nuit reste dans le ciel, tenue à distance. Quand il passe la frontière, quand il montre aux douaniers le tampon de son passeport, Karl laisse derrière lui les visages ennuyeux et les regards provinciaux, l'humilité crasseuse de son pays natal. Les douaniers vérifient trois fois, dix fois, cent fois, il a tout son temps. Ils passent un appel, demandent au supérieur de venir confirmer, parcourent la liste encore avant de rendre le passeport, vexés, le laissant passer d'un mouvement de la main. Karl démarre doucement, il profite, il transperce le mur.

D'un coup de pied dans la porte, il rejoint le bar et la musique revient, le traverse, Karl perçoit son souffle dans les tissus de sa chair et la résonance des notes dans le creux de son torse. Il pousse un cri de fête qui se perd dans le volume poussé au maximum. Il y a cette fille qui fait flotter son corps en joignant ses mains au-dessus de sa tête, ses yeux sont maquillés de deux rectangles bleus liés par un trait d'or sur l'arête du nez. Sa silhouette, on l'a découpée d'une affiche en couleurs sur le Kurfürstendamm pour la poser ici, au milieu des autres, belle comme une publicité. Karl entre sur la piste en la pointant du doigt. D'un tour de pied, il se glisse derrière elle et plaque son ventre contre son dos, le nez dans ses cheveux, l'odeur de son parfum. Parce qu'elle se raidit, Karl trempe son doigt dans la poudre avant de la lui glisser sous la narine et elle inspire avec docilité. Sans la lâcher, Karl adresse un clin d'œil à l'Américain qui l'attend à la table.

L'Américain se fait appeler Damian. Dans son verre, un quartier de citron flotte sur ce qui pourrait être un gin, une vodka ou de l'eau minérale. Les yeux de Damian sont largement écartés, ses incisives courtes lui donnent de faux airs de boxeur ou de chien de combat. Sans lui demander la permission, Karl prend une cigarette de son paquet et l'allume en cherchant la danseuse des yeux. Tout a meilleur goût, ici. Tout a meilleur goût sauf les cigarettes.

« Si c'est pour fumer ça, il vaut mieux ne pas fumer. »

Il rit avec politesse, referme son paquet et range le briquet dans sa poche. Karl est presque certain que Damian ne fume pas.

« Tu es marié ? Tu portes une alliance. C'est une vraie ou c'est pour te donner l'air ? »

L'Américain ôte la bague de son doigt, l'embrasse et la laisse tomber dans la grande bière de Karl. Elle glisse contre le torrent de bulles, un éclat d'or dans la masse trouble. De la poche de sa veste, il sort la liste et la pose sur la table.

Douze noms. Huit hommes emprisonnés à Hohenschönhausen et quatre femmes à Hoheneck. Karl les connaît tous, il sait pour quelles raisons ils ont été pris et pour combien de temps. On lui a communiqué les priorités et les ordres de prix. Damian paye en Deutsche Mark, c'est la règle pour ceux qui rachètent les prisonniers de Berlin-Est. Chez lui, Karl vendait du café, de la petite contrebande et des tablettes de Faustan. Ici, il vend les prisonniers. Les opposants, les ennemis de l'État, les encombrants. L'Ouest généreux dépense pour les faire libérer, et les gens comme Damian travaillent à les identifier, sélectionner ceux qui en valent la peine, utiliser l'enveloppe sans faire de gaspillage. Karl assure la logistique, il fait en sorte que les choses se passent bien. On le paye en aventures et en tampons sur le passeport, il se paye lui-même dès que l'argent voyage.

Sur la liste, on trouve quelques noms prestigieux, des artistes et des écrivains qui ont voulu s'essayer au scandale, séduits par la controverse. On trouve des anonymes, fuyards incapables de tenir leur langue ou militants du dimanche qui parlent sans réfléchir. On trouve le nom du pasteur Harald, une ombre sur la feuille. Six ans qu'il s'est fait prendre, incapable d'écouter les mises en garde, ivre de sa lutte. Sans gratitude pour ceux qui ont essayé de le sauver en faisant taire ses ennemis. Six ans qu'ils ont détruit sa presse à coups de barre de fer, six ans qu'ils l'ont condamné à huit ans de prison. Harald Ziegler revient toujours sur les listes de Damian. Toujours en bonne position, debout sur l'autel, un peu plus haut que la multitude.

Avec un crayon à papier, Karl raye de deux traits le nom de son père.

« Celui-là, il n'est pas encore mûr. On va le laisser vieillir un peu. »

4

Alors que tout ici lui appartient depuis qu'elle est petite fille, chaque morceau de trottoir, chaque rebord de fenêtre, le terrain vague et le mur un peu plus loin, la frontière de son monde, Hannah referme la porte de l'immeuble en sachant que plus rien, jamais, ne sera comme avant. Elle marche. Elle se demande pourquoi elle n'est pas triste. Elle se demande si elle a le droit de ne pas l'être. Son bras se tend vers un grillage, juste à côté, en avançant toujours elle fait trembler son doigt contre les croisillons, un creux, un fil, un fil, un creux, le bruit du fer, un jeu d'enfant.

Elle trébuche, tombe, et rit. Il y a toujours le choix entre rire et pleurer. Comme allongée sur le matelas d'une chambre elle regarde les choses d'en bas avant de se relever, les paumes brûlées, la marque que laissent les gravillons sur sa peau et un point rouge au genou, derrière son pantalon. Elle s'essuie les yeux et continue sa route. Dans ces situations, les gens s'organisent. Il faut mettre les affaires en ordre et rester là où l'on se trouve. Hannah préfère s'enfuir. Elle a faim. Elle a soif. Elle aimerait faire l'amour.

L'église rouge est là, juste après l'immeuble. Moins imposante que dans ses souvenirs, elle ne l'a pas croisée depuis des années. La pointe noire et la brique, les arbres autour et quelques bancs, ce parfum démodé qui flotte encore dans l'air. Juste au-dessus de la flèche, un ciel mauve et bleu. C'est quand le soir tombe sur Prenzlauer Berg que remontent de l'horizon d'étranges rayons de soleil. Des nappes aux couleurs acidulées, contrastant avec les façades et les rideaux baissés. Des traces de nuages roses, une lumière du soir. Elle s'assoit face à l'église, les fesses dans l'herbe humide.

Il fait noir quand elle rouvre les yeux. Elle se demande si elle a dormi, si la nuit est tombée d'un seul coup. Alors qu'elle se lève pour s'en aller, Hannah entend une musique. Un rai de lumière entoure la grande porte, c'est de là que semble venir le bruit. Un son grave, différent des orgues, Hannah s'approche et la mélodie devient plus nette, elle pose sa main sur la poignée de fer. Un bourdonnement, un brouhaha, une assemblée de gens qui ne dorment toujours pas. La porte s'ouvre d'elle-même et Hannah se retrouve aspirée dans l'église.

On a poussé les bancs sur les côtés, empilés, tout pour faire de la place. Ils sont sur le sol, adossés aux murs de pierre. Il y a cet homme qui porte de longs cheveux frisés, un pantalon trop large et une veste en velours. Il y a ce garçon, la tête contre l'épaule d'une femme, écoutant ce que dit la voix au-dessus de lui comme s'il entendait la vérité pour la toute première fois. Il y a des blousons de cuir et de petites lunettes rondes, monture en fer, des barbes jusqu'en bas du cou et cet air hirsute de ceux qui lisent beaucoup. Il y a une fille en jean qui parle avec ses mains, exaspérée par la lenteur de ceux qui prennent trop de temps pour comprendre.

On s'approche d'elle, on demande à Hannah ce qu'elle vient faire ici et elle répond les premiers mots qui lui viennent. Une jeune femme la prend par la main, elle lui dit de venir s'asseoir, de se joindre à la discussion. Hannah n'a pas envie. Elle parle le moins possible, depuis toujours et surtout depuis ce matin. Les regards sur elle l'étonnent, elle se demande pourquoi le garçon au piano s'arrête en la voyant, pourquoi il ne reprend qu'après avoir marqué une pause.

Sur les murs de l'église, des banderoles se balancent en silence, accrochées par des clous et écrites à la main. Il y a des slogans simples, courts, des lettres rouges faites au pinceau.

> Dehors la Stasi
> À bas le mur
> République problématique allemande

Des textes plus longs, des mots serrés comme les broderies de Mme Schimmelpfennig.

> Pour une protection des sites naturels, contre l'écoulement des produits toxiques dans les nappes phréatiques

On fait passer des photographies en noir et blanc, une petite pile rectangulaire qu'Hannah garde dans ses mains, oubliant ses voisins. Sur la première, un tuyau rouillé au milieu d'une prairie, le métal rongé par ce qui pourrait être de la soude, déversant dans l'herbe un torrent de poudre blanche. La deuxième photographie montre un jeune homme d'à peine vingt ans, le dos troué de balles, se vidant de son sang contre le mur, sous les regards neutres des tours d'observation. Il y a d'autres morts. Un homme étouffé sous la terre d'un passage souterrain, une femme pendue dans la chambre d'un appartement gris et un couple après l'amour, un tunnel rouge reliant entre elles chacune de leurs tempes. Sur la dernière, le dos d'un petit garçon noyé, sa tête dans l'eau.

Hannah passe au suivant, le jeune pianiste cesse de jouer et monte sur une chaise. La colère dans sa voix est douce à l'oreille. Il parle du vote, du parti unique et de la farce du 1er Mai, les défilés et ces pauvres gosses qu'on tient en laisse, foulard serré autour du cou. Il parle d'un pays qui ment, d'un peuple qui se bouche les oreilles en priant pour que la bombe ne s'écrase pas sur leur maison. D'une troupe d'hommes de part et d'autre de l'océan qui décident seuls de se faire la guerre, le doigt sur la gâchette, prêts à tirer si l'autre tire et l'espérant peut-être. Le mur, la honte qui serpente dans la ville. Et ces clones de la Stasi en imperméable beige qui les attendent dehors, agents pitoyables d'un système à bout de souffle.

Hannah regarde le garçon revenir à son piano, les joues en feu et les yeux brillants, elle l'écoute jouer une musique qu'elle a déjà entendue.

« Tu me reconnais ? »

Un guitariste a pris le relais et le pianiste s'est assis à côté d'elle. Hannah secoue la tête, il se met à rire.

« Tu ne me reconnais pas ? »

Alors Hannah comprend. Sa voix, la ligne de ses sourcils et la forme de sa bouche. Le petit Michael est un peu plus grand qu'elle maintenant. Il a les joues moins rouges et l'œil toujours vif. La gentillesse dans le regard et cette façon de se tenir. Il rit de la voir étonnée, incapable de prononcer le moindre mot, il y a beaucoup de choses qu'il voudrait lui dire. Il y a beaucoup de choses qu'il voudrait savoir. Parmi toutes ces questions en suspens, il choisit de lui demander comment va sa mère, comment va Rita, si elle habite toujours ici. Hannah s'entend répondre.

« Elle est morte ce matin. »

5

Au moins, c'est chez elle que ça se passera. Rita le sait depuis ce matin, depuis la seconde qui a précédé l'ouverture de ses yeux. C'est aujourd'hui. Elle s'est assise dans son lit et elle a penché la tête, troublée quand même. Elle s'est massé les jambes, pour vérifier qu'elle existait encore elle a respiré l'odeur de sa peau. Sa toux n'est pas venue. Ni ses douleurs, ni ses gênes. Si elle n'avait pas eu la certitude de se réveiller pour la toute dernière fois, Rita aurait pu dire qu'elle se levait en forme.

Au moins, c'est chez elle que ça se passera. Elle observe les murs et les choses. Le moulin à café. Le dessin d'Hannah, jauni, toutes ces couleurs et ces matières familières, ces objets qui la constituent. Elle est heureuse et malheureuse, elle est inquiète et apaisée, elle se demande si ça fait mal. Rita décide de se faire belle pour quand on la trouvera. Dans l'armoire, elle prend une chemise propre qu'elle n'a pas mise depuis des siècles, un pantalon très bien et des chaussettes. Elle passe de l'eau sur son visage, profite de la fraîcheur sur sa peau. Elle arrange ses cheveux pour cacher sur son crâne les endroits clairsemés et s'allonge sur son lit.

Ils mentent, ceux qui disent être morts sans avoir regretté. Rita se sent privée de ce que le monde se partagera sans elle : le vent, les matinées, les fraises du Brandebourg, l'odeur des machines, tout ce qui peut se réparer, les baisers et la fin du printemps, les chopes de bière à l'ombre des marronniers, les toits de Prenzlauer Berg, les gros mots, l'odeur du Tante Lotte, les premiers dessins, la cabine de pilotage de la Bagger 275, le goût de l'eau la nuit, le pain à l'ail et les asperges, les chansons, la mer, les cartes postales, les fesses des soldats dans leur pantalon vert, les bains de lac, la liqueur à l'œuf dans les gaufrettes, les sièges du tramway, l'or des boîtes de café. Les souvenirs. Tous les âges de la vie comme un grand escalier. Les camarades de brigade, Werner au cimetière et le pauvre Harald dans sa prison.

Hannah ensuite et à partir de là, Hannah uniquement.

C'est par les pieds que ça commence. Un fourmillement dans les veines, des sensations mêlées sur le bout de ses doigts, un toucher contrarié par de mauvais signaux. La brûlure de ce qui est doux, la douceur de ce qui est dru. À l'intérieur du corps, l'étincelle qui ne prend pas. Rita perd l'équilibre, elle tombe et son cœur se soulève. Il faut tomber encore, assez profondément pour ne plus revenir. Elle se force, réessaye, elle se bat pour mourir.

La langue d'un chien sur le plat de sa main. Un son, la note qui reste après l'explosion. Sa tête cesse de traduire le monde, les choses la contournent, elle n'est plus traversée. Flottant sur le dos, les talons dans le lac, elle regarde le couvercle qu'on pose à la surface. Une éclipse de soleil et l'envie de se manifester.

« Je suis encore là. »

La courbe malicieuse d'un cheveu ondulé sur la tête

d'une petite fille, résistant à la main, à la salive, à la brosse, épi tourné vers le plafond comme un tournesol vers le soleil, incoiffable et têtu, blond presque blanc, un reflet de lumière dans la pointe effilée et l'univers entier réfracté tout autour. Rita se laisse aller. Derrière ses paupières closes, une certaine teinte de noir.

6

Elle a dit à Peter qu'elle partait au travail, elle a dit au travail qu'elle resterait chez elle. Inge a regardé le cercueil avancer sous les arbres, en retrait, cachée derrière la pierre d'une autre tombe. Elle portait une jupe longue et une chemise fermée jusqu'en haut, les cheveux attachés par un nœud. Elle regardait la petite foule de gens debout, des vieux du quartier et des copains de brigade, des curieux qui n'avaient rien d'autre à faire. Au milieu, une femme. Les cheveux blonds et le regard clair. Inge s'est mise à pleurer quand elle a reconnu Hannah, si belle, si grande. Il lui a fallu toute sa raison pour ne pas sortir de sa cachette et la prendre dans ses bras. Lui jurer qu'elle lui manque, à elle aussi. La consoler, lui dire qu'elle est la bienvenue dès qu'elle en a envie, dire ces choses qu'elle aurait dû dire si elle avait eu un peu plus de courage.

Inge n'a pas bougé. Elle a regardé le cercueil disparaître dans le trou. La terre, faute de mieux, redessinant la limite entre les morts et les vivants. Elle a attendu que tout le monde s'en aille pour s'approcher à son tour. Seule. Elle a posé un baiser dans le plat de sa main, elle l'a soufflé sur Rita.

7

C'est un peu comme ces mots qu'on a toujours mal compris. Mal écrits, mal prononcés. Il arrive un jour où l'on se rend compte de la faute, une tout autre orthographe et un sens différent. Comment a-t-on pu vivre sans savoir, pourquoi l'ami qui corrige ne s'est pas manifesté plus tôt ? On traverse ses souvenirs en se demandant si le mot a manqué, s'il est responsable de ces confusions que l'on garde pour soi. On vient à redouter que ce soit l'ignorance qui ait fait le destin. Le contresens qui nous amène ici.

Dans l'église rouge, les amis de Michael se réunissent et Hannah les écoute. C'est de tous les mots qu'elle commence à douter, le langage entier qu'il faut redécouvrir. Ce code arbitraire, ensemble de sigles et de règles, incapable de traduire fidèlement les images et les sons, les pensées et les rêves, cet enchevêtrement de contraintes et de pièges, les militants de l'église parviennent à le défaire, à le démêler. Une fois les fils tendus, rangés, ils cousent à plusieurs un motif nouveau dont ils testent la solidité. Méfiants. Critiques. Prêts à défaire et à recommencer. Leurs voix s'élèvent et disent l'envie d'espace, de voyage, de vie et de musique. Ils plaignent ces pauvres gens qui construisent des cabines d'évasion à l'intérieur de leurs placards, recouvrant les murs de motifs exotiques, peignant les ampoules aux couleurs du soleil et dépliant une chaise pour tremper leurs pieds nus dans une bassine de sable. On se raconte avec excitation la fuite de ceux qui sont passés, toute une famille, vingt personnes par un tunnel près de Gesundbrunnen, des nageurs par la Baltique et les fous qui ont foncé tête baissée, escaladant le mur à mains nues, s'écrasant sur les piques et mourant dans la lumière des projecteurs.

Hannah les regarde se contredire, les vieilles ouvrières à qui on ne la fait pas, les étudiants et leurs bouches pleines de livres, de russe et de français, cette femme qui allaite son enfant d'une main, brandissant l'autre poing vers le plafond de l'église. Elle s'exaspère des logements qui manquent, de la faillite d'État qui se lit sur la couleur des fruits et la carrosserie des voitures, Honecker et Mielke, les deux Erich qui de leurs quatre mains façonnent un pays dont personne ne veut.

C'est chaque semaine qu'ils se réunissent à l'église. Il y a des jours précis, des concerts spontanés, des nuits qui finissent tard. Ils organisent, ils s'organisent, parlent de manifestation, de victoire et de défaite. Hannah les regarde bouger. Elle les entend inventer le concept d'un pays nouveau, bien différent de ces usines à solitude que l'on construit de l'autre côté du mur. Un pays à eux.

Les musiciens portent des coiffures défiant toutes les lois, des vêtements qui montrent la peau, les femmes blasphèment et certaines d'entre elles se tiennent par la main. Dehors, des petits fonctionnaires photographient consciencieusement les allées et venues, ne prenant même plus la peine de se cacher, menaçant les indécis d'une pression du doigt sur l'appareil. Michael est au centre. Plus qu'un chef, plus qu'un guide, il est le secrétaire de la pensée des autres, retenant tout, capable en quelques mots d'expliquer simplement, n'oubliant jamais rien. Il est si jeune, et si vieux quand il prend la parole. On l'écoute.

C'est vers lui qu'on se tourne quand le débat s'envenime, qu'il se transforme en un marasme dénué de sens. Michael reprend, reformule, distribue la parole. Il tient à ce que l'église reste propre après les réunions, il remercie le nouveau pasteur de les avoir reçus. Dans les regards de ceux qui l'écoutent, Hannah perçoit une lumière particulière. Un respect. Une envie.

Il avait neuf ans en 1975. Michael sait que c'est à partir de là que les choses ont changé. Dans le bel appartement de Marzahn, quelque chose est entré sans que personne s'en rende compte. Petit à petit, insidieusement, une lourdeur dans l'atmosphère et la peur en famille. On comprend qu'il vaut mieux se taire, que ce n'est plus le moment de rire. À la table de la cuisine, le silence s'est installé. On les envoyait se coucher et ils ne faisaient pas d'histoires, Inge débarrassait et Peter passait un coup sur la table, ramenant les miettes vers un seul bord, la main en creux sous le coin. C'est à ce moment-là que le voisin allumait la télévision. À travers le mur, les génériques tambourinants de feuilletons inconnus, d'autres voix au bulletin d'information. Le voisin regardait la télévision de l'Ouest.

« Ne dis rien. »

Inge suppliait et Peter commençait à bouillir. Les pires souvenirs de Michael sont liés à ce son qui passait la cloison, le grésillement du poste qui annonçait le danger. Les humeurs de Peter pouvaient durer des semaines. Il fallait douter. Les voisins, les collègues, la famille plus éloignée. Le doute était permis, tout le monde était douteux. Peter relevait des morceaux de phrases, des attitudes qu'il notait pour preuve, capable le soir même de réciter de tête des fragments de conversations.

« Nous ne retournerons plus chez les Lohmeyer. »

Chaque soir comportait son lot de mises en garde.

« Je t'interdis de jouer avec le fils des Rittenbach. »

Les amis, les cousins disparaissaient parfois de leur paysage, la famille ne liait plus que des relations éphémères. Quand le tour d'Hannah et de Rita est venu, aucune explication n'a été donnée, Inge s'est chargée de prévenir les enfants et Peter est rentré à la même heure que tous les jours, s'assurant d'un mouvement de tête que le message était passé. Il n'y a pas eu d'autres mots. Judith a écrit ses lettres avant de se recroqueviller. Plus personne n'est jamais venu dormir.

Judith a cessé de jouer. Elle a cessé d'être sa sœur, d'une certaine façon. Elle s'est mis en tête d'étudier pour l'université et Michael a commencé à ne plus vouloir aller aux camps des Jeunes Pionniers. Après avoir cherché le foulard bleu toute la matinée, Peter l'a retrouvé au fond de la poubelle, en dessous de l'évier. Michael se souvient des larmes sur ses joues et de la colère de son père.

« Je ne veux plus y aller. »

Judith étudiait, sans prêter attention aux hurlements, habituée aux cris. Inge jouait son rôle, prenant son fils en pitié, lui caressant le dos quand la fureur était passée. Trouvant toutes les excuses à son mari, des sentiments d'amour derrière les accès de rage.

« C'est parce qu'il t'aime. »

En un été, Michael a grandi de quinze centimètres. On a trouvé dans sa chambre des livres illégaux, on l'a vu discuter avec ceux qu'il fallait éviter. Il y a eu une dispute l'année de ses seize ans, toutes les rancœurs sur la table, crues et mal rangées, le fils et le père suivant la partition écrite pour eux. Le premier qu'on a gâté, chéri, l'ingratitude et l'ignorance de tous les sacrifices. Les symptômes d'une génération pourrie, gourmande et lâche. Le second, méprisable, fonctionnaire amoureux de sa carrière, prêt à tuer pour un échelon, ravi de consacrer sa vie à torturer les autres, fichant sur carton rose les cachotteries sordides et les hontes utilisables. Il y a eu « petite merde ». Il y a eu « vieux connard ». Et Inge a crié qu'on allait la tuer. À cet instant et pour la première fois de sa vie, Michael a détesté sa mère. Sa loyauté absurde. Il est venu dans sa chambre pour dire à Judith qu'il partait. Elle n'a pas su répondre, elle est retournée à ses livres quand Peter est entré.

« Si tu passes cette porte, tu ne reviens jamais. »

Michael n'est pas revenu. Judith est allée à l'université.

Hannah revient à l'église chaque jeudi après avoir baissé le rideau de la mercerie. Comme si la semaine entière ne servait que de préparation, elle compte les jours. Elle a parfois envie de jeter les boutons par terre et de froisser les rubans, de cracher sur les robes en reprise tant le travail l'ennuie. La perspective du jeudi soir l'aide à garder patience. Elle fait les étiquettes avec docilité, elle occupe son cerveau pour ne pas voir le temps passer. Mme Schimmelpfennig l'accuse de rêver, de travailler la tête ailleurs. En regardant les bobines mal agencées sur l'armoire, la couturière se demande à quoi pense Hannah, ces temps-ci. Si elle devient folle. Si elle est amoureuse.

8

Karl ronfle. La bouche ouverte, une araignée de poils sur son torse blanc, un raclement d'air entre sa langue et son nez. Judith ne le touche que pendant l'amour, elle ne s'encombre pas avec lui des gestes qu'elle concède à son mari.

C'est avec Karl qu'elle a appris le sexe. Très tôt. Toutes ces choses qu'il faut faire aux hommes avec les doigts, avec la bouche et la langue, les chorégraphies et les petites humiliations à ne pas prendre de travers. Judith s'est habituée. Sentir sur soi un corps qui pousse, extraire de ses hanches la vitalité sourde qui le fait tant souffrir. Revenir à la maison sans prendre le temps d'inventer un mensonge. Rainer ne pose jamais de questions. Les enfants ne s'intéressent qu'à eux.

Elle n'a jamais pensé à s'éloigner de Karl. Même quand elle s'est mariée, il n'a pas été question d'arrêter. Il raconte ses aventures, habitué à fasciner, il raconte ses autres femmes, toujours plus belles et moins rigides. Mais il revient vers elle, il ne sait dormir qu'à côté de Judith et repart avec les cernes un peu moins noirs, le cerveau nettoyé de ces choses qu'il avale. Comme pour Sascha, Christopher et Rainer, comme pour ses enfants et son mari, Judith est le foyer de Karl. L'endroit où l'on se rend pour ne pas mourir de faim, de soif ou de chagrin. Dans les yeux de ses hommes, le reflet de Judith ressemble à une maison chaude, un de ces vieux fauteuils dans lesquels on prend ses habitudes. Judith a fondé une famille comme on plante un arbre, pour ne pas tout à fait rater sa vie. Elle laisse Karl profiter de son corps, il lui rappelle un temps qu'elle a aimé.

Mais Judith est patiente. Confiante. Sous son déguisement de professeure, de mère amoureuse de ses fils, sous les torchons de la cuisine et le linge qu'il faut plier, elle existe toujours. Il reste quelque chose au fond d'elle-même, une nature qui remonte quand elle rit pour de vrai, quand elle perd le contrôle. Elle se surprend avec un geste, elle s'entend donner une réponse trop sincère, trop rapide pour avoir eu le temps de modifier sa voix. Elle continue comme si de rien n'était mais elle se sent heureuse, fière de ne pas avoir tout à fait disparu. Si elle est toujours là, alors c'est aussi vrai pour ces choses d'avant. Si elle est toujours là, peut-être qu'Hannah aussi.

Judith rentre chez elle et s'occupe des garçons. Elle sèche les pleurs de Christopher, elle donne à Sascha de quoi occuper ses mains. Elle les nourrit, elle les lave, elle les couche. Trois hommes dans sa maison, comptant sur elle pour assurer leur survie. Les tâches mystérieuses qui remplissent leur ventre et changent les draps de leur lit, une magie dépourvue d'intérêt dont ils se refuseront toujours à retenir les gestes. Elle quitte l'appartement et s'en va enseigner, les mêmes enfants, d'autres prénoms et des besoins toujours, encore des exigences. Judith écoute le récit des journées de Rainer, les collègues que l'on aime et ceux que l'on n'aime pas, les injustices et les bravoures. Pendant qu'il parle, elle regarde le téléphone et imagine qu'il se met à sonner. Un fantasme. Elle se figure qu'au bout de la ligne, un jour, elle entendra sa voix.

9

Hannah s'est installée à l'arrière pendant que Michael conduisait, les genoux pliés et la tête sur l'assise. À peine la voiture s'est-elle mise en mouvement qu'elle a senti ses paupières tomber sur ses yeux, bercée par la route. Depuis qu'elle vit seule, Hannah dort d'un sommeil de petite fille et se réveille avec la faim au ventre.

Michael conduit pieds nus, la fenêtre ouverte, il la regarde se retourner sur la banquette arrière. Elle est restée la grande, la plus vieille que lui. Intimidante malgré son air de gosse en chien de fusil. En revenant à la route, gardant un peu de son visage dans le rétroviseur, Michael se rend compte qu'il n'a jamais connu de monde sans Hannah.

La voiture continue sur le chemin bordé d'arbres. Le soleil la fait briller alors qu'elle prend de la vitesse, une tache pastel dans le paysage. En s'approchant du See, Michael se demande si elle reconnaîtra.

Au milieu du lac flotte un ponton de bois sur lequel sont assis un groupe d'hommes et de femmes. Nus. Les jambes immergées et les bustes tournés vers le soleil, un bouquet de corps blancs comme des plantes aquatiques. Hannah voudrait les rejoindre, nager, monter sur le ponton et s'asseoir parmi eux. Elle a entendu parler de ces gens-là. Ses vêtements, elle les enlève comme on s'apprête à faire l'amour, en lançant, en tirant, en faisant glisser sa culotte le long de sa jambe pour la jeter d'un coup de pied. Le vent l'enveloppe de sa douceur d'été, Hannah fait partie du lac et de ce qui l'entoure. Sauvage. Elle se met à courir, elle commence à nager.

Michael l'a regardée quand elle s'est déshabillée. Le lac l'a recouverte et il s'est dévêtu à son tour, son corps fin comme un jonc, la poitrine haute et les mollets allongés, pas si différent de celui d'Hannah. Il a plongé et s'est assis à côté d'elle sur le ponton de bois.

« Tu sais où on est ? »

On dit que c'est dans leurs yeux que se reflète la vérité des gens. Celle d'Hannah est d'un bleu tiède, tachée d'ambre.

« On est au See. Celui de quand on était petits. »

Tout lui est revenu en mémoire. La forme de la forêt et la fraîcheur de l'eau, les lits de camp, les jeux, les drames. Michael endormi auprès d'elle, Tanja et sa mauvaise langue, les siestes dans l'herbe et les veillées du soir. Le serpent de corde. L'échappée dans la nuit. Judith. Son souffle sur ses lèvres comme un point de départ. Hannah est émue, elle se laisse envahir par la joie de reprendre sa vie à l'endroit où elle s'est arrêtée. Michael est rouge comme une pomme dans son joli corps de garçon, fier d'être celui que regarde Hannah, oubliant que c'est sa sœur qu'elle voit à travers lui.

Elle le prend dans ses bras. Son torse contre le sien et son visage dans son cou. Il s'empêche d'ouvrir les yeux, terrifié de vivre ce qu'il a toujours voulu vivre, dans son corps se déploie l'inquiétude des rêves réalisés trop tôt. Michael a attendu vingt et un ans pour tomber amoureux. Être aimé en retour. Le reste de sa vie sera un prolongement de ce moment sur le lac, un approfondissement. Hannah veut le libérer de ses bras mais il s'accroche à elle. Il s'accroche aussi fort qu'il le peut.

10

Dans les couloirs du Ministère, il se murmure que Peter Moehn ne va pas bien. On l'entend pester au téléphone et taper à la machine, on interroge son assistante avant de frapper à sa porte, il arrive qu'une secrétaire ressorte de son bureau avec les larmes aux yeux, messagère malheureuse, la main devant la bouche et les regards sur elle. Tout le monde se tait. Comme avant l'orage, l'atmosphère se charge d'humidité et les nuages, dehors, deviennent lourds. On s'attend à voir arriver le tonnerre, une pluie poisseuse qui ferait coller les trottoirs de Berlin. La mauvaise humeur des cadres n'annonce jamais rien de bon.

Peter lit l'avenir entre les lignes de ses rapports. Il ne peut s'empêcher de reconnaître les signes, ces mots que l'on entend en plein jour, criés dans la rue ou écrits sur les banderoles. Tous ces mots qu'on pensait interdits, les voilà répétés jusqu'à l'étourdissement, gagnant toujours un peu plus de terrain, déviant lentement le curseur du dicible. Les agitateurs se ramassent par poignées, l'insurrection au corps, le corps ensauvagé. Dans les yeux de ceux qu'il interroge, une rage a remplacé la peur, une nouvelle ardeur. Les voilà qui répondent, menteurs éhontés, qui soutiennent son regard au lieu de se pisser dessus. Les demandes de sortie du territoire arrivent si nombreuses qu'il devient impossible d'organiser la surveillance de ceux qui les envoient. Le cœur de Peter se déchire chaque fois qu'on rapporte une évasion. Chaque tentative l'atteint personnellement et les tunnels que l'on creuse perforent son corps de part en part. Pire encore, on chuchote que la République populaire de Hongrie s'apprête à retirer les barbelés à la frontière autrichienne, transformant le mur en passoire, monument pittoresque dont on garde un morceau pour se souvenir d'un temps qui ne compte déjà plus. Et pourtant rien ne se passe, rien n'est fait. Le Ministère s'englue et Peter s'agite seul. Il écrit *surveillance.* Il écrit *répression.* Ne plus rien tolérer de ce qui contribue à former le nid d'une haine de l'État. Redevenir le Bouclier du Parti. Redevenir l'Épée.

Ce sont de bien curieux ennemis que combat Peter Moehn. Attroupements hébétés se réunissant dans les rues, assis sur les trottoirs comme les clochards de l'Ouest. Liberté, liberté, liberté, c'est ce qu'on les entend dire. Voyager, acheter, s'enrichir, posséder. Nouveau-nés capricieux, ils agissent par pulsions, étouffés de désirs. Simplement, la liberté qu'ils demandent leur a déjà été offerte par le pays qu'ils insultent. Mais comment comprendre le monde lorsqu'on se fait un devoir d'ignorer son histoire ? Ces gens-là marchent sur la terre comme s'ils étaient les premiers hommes. Ils envient les clowns des pays voisins et leurs rêves à court terme, leur musique, leur promesse de gloire. Éblouis par les néons en pleine nuit et les lumières criardes, ils regardent par-dessus le mur sans comprendre ce qu'ils voient.

Les églises sont remplies de voyous convertis en penseurs, quelques perturbateurs qui donnent au pays le visage de la honte. Parmi eux son propre fils. Dans le dossier qu'il tient entre ses mains, on a ajouté la photographie d'un groupe d'adolescents en guenilles, assis en tailleur devant un autel en pierre. On devine la silhouette de Michael assis devant un piano, concentré, ce n'est pas la première fois que le visage de son fils se retrouve dans ses dossiers. Comme d'habitude, Peter la plie en quatre avant de la faire disparaître dans la poche de sa veste, corrigeant le sommaire d'un trait de crayon. Il est bien placé pour savoir que tout le monde a ses secrets. Si Inge lui posait la question, il dirait qu'il ne peut accepter l'idée de voir son enfant arrêté, laissé pour mort dans une cellule du nord de la ville. Malgré les mots, les conflits, les disputes et les combats, un père prend tous les risques pour sauver sa chair. Pour sauver son nom. Parce que Michael porte son nom, et que le nom d'un grand cadre n'a pas sa place sur un arrêt de justice. Parce qu'en plus de trahir leur pays et de renier leur éducation, certains gosses salissent leur père. Il aurait préféré un fuyard. Un crétin qui rêve d'Amérique et disparaît là où personne ne viendra le chercher. Un creuseur de tunnel, un petit passe-muraille planqué dans la carrosserie d'une voiture. Il y a des évasions que Peter Moehn peut provoquer. Il suffit d'un peu de temps, il suffit des bonnes personnes.

11

L'appartement de Michael est fait d'une seule grande pièce, quatre murs nus, un lit, le piano et une baignoire dans un coin. Un bureau en bois sombre fait face à la fenêtre, la Schönhauser Allee s'étend quatre étages plus bas. Sur le plancher s'étalent des livres, des magazines et des albums érotiques, dont cette série en noir et blanc qu'Hannah feuillette quand il l'invite chez elle. Une femme suspendue au corps d'une autre, les jambes enroulées autour de son bassin et la couvrant de baisers, ses fesses soutenues par une main dont on ne voit pas les doigts.

Lorsqu'elle ne parvient pas à s'endormir, Hannah sort de chez elle et sonne chez Michael, parfois très tard. Il ouvre la porte comme s'il l'attendait, il lui propose un thé et elle le regarde faire chauffer de l'eau dans une petite casserole. Michael insiste pour lui laisser son lit, Hannah s'allonge sur des coussins qu'elle dispose au milieu de la pièce.

« Tu voulais toujours dormir par terre, quand on était petits. »

Depuis le lac, elle ne l'a plus pris dans ses bras. Depuis le lac, il vit en attendant.

Ce soir, personne ne dort. Dans l'appartement, les amis de Michael se pressent les uns contre les autres, la fête se passe ici. On a rempli la baignoire d'eau froide pour y faire flotter les bouteilles de bière et les garder au frais, tout le monde a les mains trempées. Michael partage son piano avec un ouvrier cubain, ils se coupent la parole à coups de notes obliques, martelant les dièses en secouant leurs têtes. Hannah reste un peu à l'écart et lance les applaudissements entre les morceaux. Ceux qui ne dansent pas se pressent en petits groupes, ils rient, parlent des manifestations, celles qui sont entrées dans la légende et celles qui viennent, plus grandes, plus fortes que ce qu'ils ont fait jusqu'ici. Les camarades de Leipzig redoublent d'idées, ils organisent des actions isolées après les prières pour la paix, ils font passer le message. On décapsule les bières pour trinquer encore, invincibles et bavards, on applaudit les pianistes et on applaudit Michael. Il faut se méfier des gamins comme lui, on les croit doux comme des agneaux et les voilà qui organisent la lutte, qui écrivent des slogans assez rudes pour que la Stasi se chie dans le pantalon.

La musique s'arrête, le Cubain décide que chacun doit chanter une chanson, il désigne si personne ne se dévoue. Il y a quelques volontaires, on entend des airs de Schlager qui font rire tout le monde, des notes dans la voix que l'alcool casse en morceaux. Et c'est le tour d'Hannah.

Elle les trouve beaux, leurs rêves plus grands qu'eux et leur courage aussi. Elle ne connaît pas de chanson, elle n'a jamais su retenir les paroles. Elle explique mais ils protestent, ils encouragent, ils applaudissent. Quand elle était petite, elle avait une amie qui retenait tout. Une amie, avant, qui se souviendrait sûrement. Michael arrête de boire et tout le monde se met à crier. Hannah creuse dans sa mémoire pour se rappeler, au moins un peu. Alors qu'elle pensait ne jamais les avoir sues, les paroles lui reviennent intactes.

Je porte un drapeau, et ce drapeau est rouge,
Il est le drapeau des ouvriers que mon père brandissait dans la peine.
Il a survécu, dressé, aux chutes de ses porteurs,
Il flotte au-dessus de nous tous, il a la couleur du désir et la couleur du destin.

Je porte un drapeau rouge, le rouge de la force ouvrière.
Le drapeau que mon père a gardé chaque nuit,
Il me l'a remis au matin, quand l'aube s'est levée,
Pour que je le hisse vers le jour, vers le combat auquel il mène.

Je porte un drapeau, et ce drapeau est rouge.
Il est le drapeau des ouvriers, celui qui commande notre union.
Il a accompagné nos pères au travers de la lutte, de la nuit, de la guerre.
Allez donc de l'avant, vous les fils, sur le chemin de la victoire.

Hannah écoute sa voix qui trouve les notes, qui se faufile entre les mots. Le piano répète ce qu'elle chante, tous les autres se taisent, tout le monde se souvient. Il y a quelques applaudissements et un long silence, le clapotis du verre flottant dans la baignoire. Et Hannah sourit, fière d'y être arrivée, troublée aussi d'avoir fait taire la fête.

Tout la ramène là-bas. Son enfance revient, remonte, se débat pour survivre. Elle se trouve ridicule, coincée dans ses souvenirs, son cœur en miettes dès qu'elle croise une femme aux longs cheveux noirs. Même les chansons l'émeuvent lorsqu'elles la ramènent à ses quatorze ans. Tout le monde est parti, la fête s'est éteinte et Michael s'est endormi sur le fauteuil, l'air un peu malheureux. Hannah s'est mise à son bureau, elle a ouvert les tiroirs, elle a fouillé les étagères. Elle s'est mis en tête de trouver des photos. Une pose de famille, un réveillon de Noël, quelque chose que Michael aurait gardé. Hannah veut voir, elle veut revoir. Elle veut confronter les images, retrouver une preuve du visage de Judith.

Il n'y a que des livres, des recueils de poèmes, des manuels de philosophie. Il n'y a rien à part un petit répertoire qu'elle feuillette d'une main lasse. Sans espoir. Sans ardeur. Sans se douter que Michael y a noté, quelque part aux J, le numéro de téléphone de sa sœur.

12

Il n'est pas facile de décrire la couleur des murs. On pourrait dire beige, marron, vert ou gris, on pourrait dire jaune sans se tromper. Les couleurs de la prison de Hohenschönhausen sont indéfinies.

Karl gare sa voiture tout au début de la rue, il ralentit le pas pour regarder les fenêtres à barreaux, le grand mur d'enceinte quadrillé de pierres et les fils barbelés tendus par les hautes perches. Tous les trois mois, il vient faire passer les messages et récupérer les listes. On sait bien comment Karl gagne son argent, ce qu'il vend et à qui il le vend. On sait qu'il monte toujours voir son pasteur de père et on dit qu'il jubile de le voir enfermé, qu'il le nargue avec ses blousons de cuir.

Il se présente à la porte et vide ses poches quand il arrive à la deuxième entrée. Il offre quelques paquets de cigarettes aux gardiens, à celui qui lave le sol. Personne ici n'aime beaucoup Karl Ziegler, mais tout le monde gagne quelque chose de sa visite.

On les a installés dans une salle vide dont le sol a été recouvert d'un linoléum gris. Deux chaises l'une en face de l'autre, Harald est escorté par un gardien qui accepte de les laisser seuls. Le pasteur ne regarde plus son fils dans les yeux, il y a certaines choses qu'on ne doit pas pardonner. Il se tait.

« Comment est-ce que tu te sens ? »

Derrière l'excuse de la visite, il y a le spectacle de la liberté, de la vie sans contrainte. Aucun gardien n'a escorté son fils, il entre et il sort comme si les murs n'existaient pas pour lui. Le pasteur a élevé un voyou, un petit criminel de petite intelligence, parcourant la ville sans laisser de trace, reniant tout et ne croyant en rien. Les promesses, les marchés, les arrangements. Les meurtres. Harald a honte envers Dieu.

« Ils te traitent bien ? »

Harald est séquestré avec beaucoup de sollicitude. Les États qui enferment ne valent pas mieux que les États qui tuent, ils commettent les actes que leurs lois punissent, échappant à leur propre sanction, exerçant une violence qu'ils décident légitime.

« J'ai parlé à mon ami américain. Il suffit que tu acceptes. »

Chaque fois la même proposition. Chaque fois la même réponse : Harald ne passe aucun accord. On l'a humilié, on l'a jugé devant un faux tribunal, on l'a réduit à moins qu'un homme, on a tué son ami et on a détruit sa presse. Maintenant, on est prêt à se débarrasser de lui. Le vendre. Comme on autorise les citoyens de plus de soixante ans à voyager vers l'Ouest, le pays se sépare volontiers des poids morts, des inutiles. Mais Harald est chez lui. Il préfère mourir en prison que de vivre du mauvais côté du mur, parmi les fous qui feront brûler le monde.

« Je t'ai ramené quelque chose. »

C'est pour cette unique raison qu'il accepte les visites. Harald prend la flasque que Karl lui tend et la vide d'un trait, sent ses tissus s'imbiber, sa carcasse s'animer d'une nouvelle force. Il lève un peu les yeux et pointe son doigt vers l'étranger en face de lui.

« Tu l'as tué pour rien, tu vois ? »

Les mêmes mots à chaque visite. Les mêmes provocations. Karl s'assure que le gardien ne soit pas à la porte. Il ordonne à son père de se taire. Il le fera taire s'il ne s'arrête pas.

« Tu sais ce qu'il y a de pire que le meurtre ? Le meurtre gratuit. Le meurtre stupide. »

Karl se lève. Il reviendra dans trois mois.

13

Michael est assis sur son lit. Dans son appartement, toutes les affaires sont retournées. Les tiroirs dégoulinent, le placard est ouvert, les livres en piles sur son bureau et un tas de choses par terre, inclassables. On pourrait croire à un cambriolage, à une fouille en règle. Mais Michael est lui-même responsable du chaos tout autour. Il prépare ses affaires, il fait ses valises.

C'est arrivé il y a quelques jours. Alors qu'il rentrait chez lui, Michael a senti qu'on le suivait. Il ne s'est pas retourné, il est resté tranquille et a marché au rythme des innocents. Quand il est arrivé dans la Schönhauser Allee, il s'est précipité dans l'escalier et n'a pas entendu la porte claquer, en bas. Seulement le glissement d'une chaussure qu'on fait passer dans l'interstice pour l'empêcher de se refermer. Michael a commencé à avoir peur. En cherchant les clés dans sa poche, les bruits de pas de celui qui le suivait ont résonné contre les murs. Il a dressé la liste des choses qu'on pourrait lui reprocher, l'église, les manifestations, toutes ces paroles, si belles sous les voûtes, si laides dans leur bouche. Ennemi de l'État. Fauteur de troubles. La porte s'est ouverte, quelqu'un l'a poussé dans son propre appartement avant de refermer derrière lui.

Dans un sac en cuir, il répartit les livres d'un côté et les vêtements de l'autre. Il faudrait plier, ranger, faire du tri. Michael bourre le linge et entend les pages qui se froissent. Il enlève un carnet, un gros livre qu'il voulait lire, deux pantalons et un bouquet de chaussettes. On lui a dit de se contenter du nécessaire.

Il s'est retourné d'un seul coup, face à l'homme qui l'avait poussé, les poings devant le visage comme pour se battre ou se protéger. L'homme avait les incisives courtes et une tête de boxeur, Michael a compris qu'il ne gagnerait pas. Il a fermé les yeux, attendant le coup de poing dans le ventre ou le nez en morceaux. Et comme rien n'est venu, il a rouvert un œil, les jambes molles et le cœur comprimé. L'homme lui tendait la main, attendant patiemment que Michael se calme.

Pour la centième fois, il s'assure de l'avoir dans sa poche. La feuille rose contient tout ce dont il a besoin. Les clés de son appartement resteront sur la table, dans un petit bol vert rempli de poussière, de boutons de chemise et de boîtes d'allumettes. Il partira de chez lui les poches vides.

Michael a serré la main de Damian sans oser lui demander ce qu'il faisait chez lui. L'homme parlait un allemand élégant, un allemand de bon élève appris à l'étranger. Son accent américain arrondissait les R et allongeait les U, il s'est assis au bureau et il lui a demandé un verre d'eau. Michael s'est exécuté, soulagé de n'avoir pris aucun coup, presque reconnaissant envers cet homme étrange qui l'avait épargné. Dans la main de Damian, le verre paraissait fragile. Il a bu d'une traite et s'est mis à parler.

Damian sait ce que fait Michael. Il connaît la place qu'il occupe dans le groupe d'opposition et il connaît très bien l'église dans laquelle ils se réunissent. Il connaît chacun de ses amis, il connaît leur famille, il sait lesquels d'entre eux ne sont pas dignes de confiance. Il sait lesquels d'entre eux communiquent avec la Stasi, lesquels ont donné le nom de Michael lorsqu'on leur a commandé la liste de ceux qu'il faudrait arrêter en premier. Michael n'était pas certain de comprendre. Damian a dit qu'il lui restait quatre à cinq jours avant de se faire arrêter, il lui a dit qu'au regard de la situation et de la gravité de ses actes, il pouvait compter sur un minimum de cinq ans de prison. Peut-être dix. Peut-être plus. Michael s'est assis par terre et Damian s'est installé à côté de lui. Comme un grand frère, l'ami qu'on ignorait avoir. De la poche de sa veste, il a sorti la liste qu'il a posée sur le plancher. Une feuille perforée, tapée à la machine. Michael a lu les noms de ses amis, celui du nouveau pasteur, le sien en première position. *1. Michael Moehn.* En bas à droite, Damian a ajouté une signature très convaincante, falsifiée avec soin. Il a compris que sa mission était un succès quand il a vu la peur dans les yeux du gamin.

Si Michael fait exactement ce qu'il dit, Damian peut organiser un passage à l'Ouest en moins de trois jours. Il peut lui éviter une arrestation, la honte d'être palpé, torturé de silence, une vengeance à petit feu sur lui et ceux qu'il aime. La prison à vingt ans. Un ennemi de l'État jusqu'à la fin de ses jours. Si Michael fait exactement ce qu'il dit, il peut continuer sa jeunesse du meilleur côté du mur. Il peut continuer depuis là-bas, plus efficacement encore. Il n'a plus de contacts avec sa mère ni avec sa sœur, il se trouvera une nouvelle petite amie sur place.

Damian a détaché une feuille du carnet de Michael, il a noté un numéro de téléphone, une adresse, une date et un horaire. Deux jours pour confirmer. Michael a passé ses mains dans ses cheveux, le regard perdu vers le sol, il a fermé son appartement à double tour quand Damian s'en est allé. Il n'a pas dormi une seconde. Le lendemain, il a appelé le numéro de téléphone et a dit qu'il était d'accord. D'accord à condition de pouvoir emmener quelqu'un avec lui.

14

Sur la table, le répertoire de Michael est ouvert aux J. Hannah tient le téléphone dans sa main, un modèle en plastique orange, un disque au milieu et un fil enroulé en ressort. Elle l'a acheté au centre commercial de l'Alexanderplatz et elle a passé l'après-midi à essayer de le faire marcher. Elle a débranché, rebranché, elle s'est obstinée jusqu'à entendre un ton aigu et linéaire derrière les trous du combiné. C'est à ce moment-là qu'Hannah a pris peur.

À partir de combien d'années doit-on rappeler qui l'on est ? Dans son entourage, combien d'autres femmes portent le même nom qu'elle ? Si elle décroche ? Si elle ne décroche pas ? Quels mots ? Quelles questions, quelles réponses ? Pourquoi maintenant plutôt qu'il y a dix ans ?

Elle renonce.

Elle change d'avis.

Elle renonce.

Elle se rend compte que le soleil s'est couché. Personne ne répond pendant la nuit. On croit à une erreur, on se rendort, on se blottit contre celui qu'on aime sans une pensée pour celle qu'on aimait.

4, un tour, 4, un tour, 8, une erreur, elle raccroche et recommence.

4 48 28 74

Il n'y a que les numéros de téléphone, ceux que l'on a passé sa vie à ne pas composer. Tout au creux de l'oreille, le bruit du plastique décroché, là-bas, dans un quartier de l'est de la ville. Une respiration et une voix qui fait exploser le cœur. Une voix qu'elle était folle de croire oubliée.

« Judith Moehn. »

15

Elles se sont assises l'une en face de l'autre, à une table tout au fond. Le pantalon de Judith la serre à la taille, la chemise d'Hannah lui agrippe la peau. Elles évitent de se regarder. Hannah cherche quelque chose, une cuillère à tenir, un morceau de papier qui occuperait ses mains. Judith fixe un point sur le sol, terrifiée à l'idée de croiser son regard. Les murs du café sont peints en jaune, une banquette rouge et des chaises en bois, une vitrine à étages dans laquelle se superposent des petits gâteaux secs. Judith se décide à relever la tête mais le souffle lui manque. Elle se tait, finalement, et Hannah est déçue. Sur la table, les cafés ont été déposés entre treize années vides.

C'est à ce moment-là qu'entre une très vieille femme. Alors que le temps est doux, elle porte un manteau de laine et des gants, une longue jupe et des lunettes énormes. Les montures lui écrasent les oreilles et les verres sont si larges qu'ils transforment ses yeux en de petits nombrils. Le serveur la salue sans sourire, elle avance avec une lenteur extrême. À l'exception de celle qu'occupent Hannah et Judith, toutes les tables sont vides. Quand elle arrive à leur hauteur, elle tire une chaise et s'assoit là, à la table voisine, à quelques centimètres des épaules de Judith. Hannah remarque un air au coin de ses lèvres, un sourire de commère s'apprêtant à déguster la conversation des autres. Le serveur se fait rabrouer d'un geste, elle commandera plus tard, elle ne veut pas en perdre une miette.

Les meilleurs rires surgissent quand il faut se taire, rester discret, ne pas froisser les vieilles ou faire croire à sa mère que l'on est endormies. Celui d'Hannah commence bouche fermée, elle le cache dans sa main et la chaleur la prend, le rouge, la sueur, le souffle qui se trempe et les hoquets qui passent de cœur en cœur. Judith aussi en a envie. Judith aussi se retenait. Au-dessus de la table, elles se penchent l'une vers l'autre, cachées derrière le menu de plastique pour rire de tout leur corps.

Elles parviennent à souffler, une fraîcheur sur le feu de leur visage. Hannah fait trembler son genou, Judith pose une main sur sa cuisse et la vieille ouvre grands ses petits yeux.

C'est un ton, une gymnastique. Une façon de parler à tour de rôle. Hannah un peu moins et Judith un peu plus. L'une qui raconte et l'autre qui écoute. Elles pourraient être essoufflées, sentir la douleur dans leurs pieds d'avoir traversé tant de rues, s'arrêter au croisement pendant que les voitures freinent, attendre que le feu passe au vert et atteindre l'autre côté. Elles ont vu défiler les noms des avenues, les bouts de square et les façades mal assorties. Elles se sont dirigées à l'épaule, Hannah qui pousse et Judith qui suit. Il y a eu plus d'arbres, des trottoirs étroits et le canal ensuite. Brun, vert et noir selon la lumière. Judith s'approche de l'eau et ramasse un caillou.

« Tu sais encore le faire ? »

Hannah refuse le caillou de Judith et se choisit une petite pierre noire, plate et lourde. Le mouvement lui revient. La pierre s'envole et rebondit sur l'eau, une fois, avant de couler à pic.

« Mille. »

Elles ont marché encore. Encore, encore, encore. Jusqu'à ce que la nuit arrive, elles ont trouvé un endroit, un terrain vague, un trou dans le paysage. Des mauvaises herbes poussent sous les plaques, fendent les morceaux de terre nue. Il y a un banc au milieu du vide. Une cagette cassée sur la roue d'une voiture, le sol marqué par la trace d'un feu allumé la veille. Dans le tesson d'une bouteille, le mégot d'une cigarette gonflé d'humidité.

Sur le banc, Judith a senti la tête d'Hannah s'appuyer sur son épaule et son visage s'est enfoui dans la masse de ses cheveux bouclés. Cent fois elle s'y est replongée, inspirant de toutes ses forces, bloquant ses poumons pour garder quelque chose d'elle. Hannah l'a laissée faire, hésitante et excitée, une violence dans les veines brûlant de l'intérieur. Une envie d'absorber. Elles se sont pris les mains et les ont déposées là d'où les choses viennent.

Parce que le soleil revient doucement, on les aperçoit

sur le banc. Deux formes emmêlées. Deux formes en train de s'aimer.

16

Judith se réveille la tête lourde et l'impression de n'avoir pas dormi. La maison est vide, elle le sent. Il manque un millier de sons, les pieds des enfants sur le sol, Rainer et sa démarche, la façon qu'il a d'être bruyant. Le claquement d'une tasse sur la table, la brutalité de Sascha et les gémissements de Christopher, Rainer qui a perdu quelque chose, son cartable, sa chemise, ses chaussures, ses cigarettes, qui voudrait savoir si quelqu'un les a vus, si quelqu'un voudrait bien les chercher à sa place. Pas ce matin. Judith se réveille et traverse les pièces, espérant ne pas s'être trompée. Ils sont tous partis. Il ne reste personne.

Judith se frotte les yeux, traverse le couloir et trouve son paquet de cigarettes dans la poche de son pantalon. Elle fume à l'intérieur, les jambes nues et les cheveux défaits. Elle débrancherait le téléphone si elle ne lui devait pas de l'avoir retrouvée. Judith s'assoit au milieu du salon, par terre et en tailleur. Tout est différent, vu d'ici. Elle réapprend à voir les choses au milieu desquelles elle vit. Comme lorsqu'on répète un mot tant de fois qu'il devient étranger, son appartement se décharge des souvenirs, redevient un ensemble d'objets et de meubles. Un espace déconstruit, comme la vie qu'elle s'apprête à quitter.

Elle est heureuse. Rien de ce qu'elle voit ne lui manquera, elle s'est assez forcée pour en avoir le droit. Elle est heureuse de s'être levée trop tard, d'elle-même, le bas de son ventre encore engourdi. Elle s'allonge à même le sol, elle garde les yeux ouverts et projette sur le plafond le visage d'Hannah. Ce qu'elles ont fait sur le banc quand le soleil s'est levé.

La sonnette de l'appartement la réveille une deuxième fois. Judith se lève, agressée par le bruit, les doigts en pince entre ses deux sourcils. On sonne encore, elle est partagée entre l'envie de ne pas répondre, renvoyer chez lui celui qui la dérange, et celle de se précipiter vers la porte comme elle le faisait quand elle était petite. Elle ne sait pas si elle lui a donné son adresse. Elle ne sait plus. Elles se sont quittées ivres, un dernier morceau de peau entre leurs doigts et l'envie d'être seules après avoir été autant ensemble. Judith pose sa main sur la poignée, et ouvre.

Karl la prend contre elle, il la serre, il la sent. Il tient son cou dans ses mains, il descend jusqu'à ses hanches, ses reins, ses fesses. Il la presse, par en dessous, en collant son sexe sur son ventre. Il prend sa bouche dans la sienne, il la lèche, il l'aspire, la tourne et l'appuie contre le mur, devient fou quand il se rend compte que ses jambes sont nues. Son sexe gonfle, dur contre sa culotte blanche qu'il aimerait déchirer. Judith dit quelque chose qu'il n'entend pas, les oreilles bourdonnantes, pleines de sang. Il lui écarte les fesses.

La main de Judith balaye l'air derrière son dos. À pleine vitesse, elle rencontre le sexe de Karl, une gifle sèche sur son gland nu, et un cri de douleur. Le pantalon baissé, il trébuche en se tenant à deux mains, son épaule heurte le sol et Judith remonte sa culotte, elle se précipite sur lui et lui cogne le visage, regrettant de n'avoir que ses poings, espérant un marteau, une clé, un couteau ou une barre de fer qu'elle ferait remonter à sa gorge après l'avoir plantée derrière ses testicules. Elle le frappe dans le cou, dans le ventre, sur le sexe encore, elle le frappe jusqu'à ce qu'il dégonfle, rouge comme un ganglion, trempé et dégoûtant. Elle lui dit qu'elle le hait, qu'elle va le tuer et le violer à son tour. Elles vont le tuer à deux. Hannah va venir l'égorger.

En voyant le sang par terre, Judith a pris peur et elle s'est arrêtée. La colère s'est estompée, refroidie. Karl tire son pantalon, les mains sur sa ceinture, des larmes de frustration et de honte peut-être. D'avoir été battu, d'avoir été rejeté. Elle lui dit de partir, il s'effondre un peu plus. Karl est creux. Sourd. Alors Judith fait ce qu'elle fait pour Christopher quand son frère l'a humilié. Elle le laisse un instant, entre dans la cuisine et remplit un verre d'eau. Karl se redresse, il boit à petites gorgées. Un peu de vie revient à ses yeux, il sèche son visage dans la manche de sa chemise. Bouffi de chagrin. Il lui demande ce qui lui a pris.

Sidérée, Judith bégaye, hésite, s'entend prendre le ton de ceux qui doivent se justifier. Elle lui dit qu'Hannah est revenue dans sa vie. Elle lui dit qu'elle sera avec elle à partir de maintenant. Alors Karl se relève sur ses pieds et se dirige vers la porte. Avant de partir, il se tourne vers elle, vers son petit visage blanc et ses longs cheveux noirs. Il la gifle. Brutalement. Pour qu'elle ne se fasse pas d'idées. Il la laisse à sa vie minable de ménagère frustrée. Ses fantasmes à vomir. Quant à Hannah, Judith ne la reverra plus. Elle s'en va ce soir. Elle passe la frontière avec Michael.

« Je le sais parce que c'est moi qui les fais traverser. »

17

Michael l'a suppliée de monter dans la voiture. Il a insisté, il lui a dit que c'était important et qu'ils n'avaient pas assez de temps. Hannah s'est inquiétée quand elle a vu de la peur dans ses yeux. Elle a voulu savoir s'il avait des ennuis, Michael a répondu qu'il en aurait si elle ne montait pas. Hannah voulait être seule, elle avait besoin de calme, de paix. Et Michael est arrivé, le corps secoué, une main sur la portière et l'autre tendue vers Hannah.

« Si tu ne montes pas, on ne se reverra plus. »

Elle est montée, il a démarré et ils sont sortis de la ville. Tout le long du trajet, elle lui a demandé vers où il roulait. Elle lui a dit que ce n'était pas le bon jour, que ce n'était pas le bon moment. Elle a encore demandé et Michael s'est fermé. Il n'a pas répondu. Ses mains tremblaient sur le volant, il regardait sans cesse dans les rétroviseurs, ajustant les miroirs. Il souriait quelquefois, comme s'il reprenait courage, comme si la perspective de leur destination remplaçait la peur pendant un court instant.

« Tu nous emmènes au See ? »

Lorsqu'il prend un virage trop serré, le sac de Michael glisse sur la banquette arrière et se cogne contre les portières. Sous les sièges, il a préparé des bouteilles d'eau, des paquets de biscuits, et un portefeuille en cuir dans lequel il n'a pas mis d'argent. Ses économies sont fourrées dans une chaussette, pressée entre deux livres, tout au fond de son sac. S'ils ont un ennui, il donnera le portefeuille. Damian lui a déconseillé de prévenir Hannah de leur départ, en limitant le nombre de personnes au courant de leur fuite, ils maximisent leurs chances de réussite.

Hannah frappe contre la vitre de la voiture, elle s'inquiète de la route, du chemin, elle pose une infinité de questions. Damian avait raison. La nuit tombe alors qu'ils traversent le Brandebourg.

Sous la poutre, au-dessus de l'entrée, Karl récupère les clés de la maisonnette. Il fait le tour par l'extérieur et trouve l'arrivée d'eau. Karl entre, relève les stores et allume les plafonniers, il ouvre les fenêtres pour chasser l'odeur de renfermé. La poussière recouvre le sol, les meubles et le tissu du vieux canapé. La porte de la salle de bain est ouverte et la baignoire est là, noire de crasse, encore pleine de cauchemars. Karl claque la porte, revient dans la pièce principale et vide le contenu des placards autour de l'évier. Une sauce tomate, un bocal de cornichons recouverts d'une mousse bleue, une conserve entamée et une bouteille de Schilkin. Il se met sur la pointe des pieds pour atteindre le fond de l'étagère, et referme ses doigts sur une petite boîte en métal dont on a retiré l'étiquette. Karl dévisse le couvercle, saupoudre le plan de travail et fouille ses poches pour trouver un billet qu'il enroule sur lui-même. Il prépare une trace fine et inspire un grand coup. Il se sent beaucoup mieux.

Ils ne passeront qu'une partie de la nuit dans la maison et ils prendront la route vers la mer aux alentours de deux heures. Il faut que le garçon y croie. En roulant normalement, ils devraient être à Rügen avant le matin, le bateau les attendra sur place. Les gardes-frontières ne procéderont pas à leur arrestation. Fuir de la RDA est plus simple lorsqu'on est le fils de Peter Moehn.

Ils se garent dans la nuit, devant une petite maison en lisière de forêt. Hannah sort la première, furieuse et confuse, Michael lui fait peur. Il la prend par l'épaule et lui dit de ne pas s'inquiéter, il n'y a rien à craindre puisque personne ne les a suivis. Hannah ne sait même plus quelles questions poser. La porte de la maison s'ouvre et Karl Ziegler se trouve derrière.

« Tu étais moins laide quand tu étais petite. »

Michael insiste pour qu'elle entre et Karl referme la porte derrière eux, il a préparé quelque chose à manger. Hannah s'assoit sur une chaise, Michael en face d'elle, Karl debout à côté d'eux. Elle leur demande s'ils vont lui faire du mal et Karl se met à rire, il décapsule des bouteilles de bière qu'il pose à même le sol. Elle est devenue laide et peureuse. Michael prend Hannah dans ses bras, elle se dégage et il lui fait comprendre qu'ils ne sont plus en sécurité, qu'ils doivent partir le plus tôt possible. Il aurait aimé lui expliquer les choses plus tôt, lui laisser le temps de se préparer, mettre ses affaires en ordre. Mais les Américains lui ont accordé de l'emmener avec lui à condition qu'il reste discret, c'est une faveur qu'ils leur font. Il parle de rouler dans la nuit, d'arriver sur la mer Baltique, de prendre un bateau et de passer au Danemark. Là-bas, ils seront accueillis, ils seront protégés. Karl est là pour les aider, il va les accompagner jusqu'au bateau. Karl a l'habitude de ces choses-là.

« Je veux les clés. »

Elle veut les clés de la voiture. Elle les veut maintenant. Michael comprend qu'elle soit choquée, il s'y attendait, mais il faut qu'elle se calme, qu'elle évite l'hystérie. Il faut qu'elle comprenne qu'on leur offre une chance inespérée et qu'ils n'ont pas le choix. S'il reste, Michael se fera prendre et elle sera seule à nouveau.

« Il n'y a rien qui te retient ici. »

Hannah se lève de sa chaise et s'approche de Michael. Elle se tient droite, grande comme les cinq années qui les séparent. Ce qu'il lui dit ne l'intéresse pas. La route, le bateau, le Danemark, ces choses-là ne l'intéressent pas. Karl Ziegler et cette maison pourrie ne l'intéressent pas. Les histoires d'arrestations, de fuite, d'Est et d'Ouest, ces histoires-là ne l'intéressent pas. Alors Michael va arrêter d'être idiot et il va lui donner les clés de la voiture. Elle va retourner chez elle et il ne va pas la suivre. Elle ne lui a rien demandé.

D'un tour de loquet, Karl les enferme à l'intérieur. On ne change pas d'avis maintenant.

18

Elle est ici parce que son frère s'apprête à quitter illégalement le territoire. Son frère s'appelle Michael Moehn, il est le fils d'Inge Moehn et de Peter Moehn, Peter Moehn travaille au ministère de la Sécurité d'État depuis 1967. Son frère est âgé de vingt et un ans, elle ne connaît pas son adresse mais elle sait qu'il habite dans la Schönhauser Allee, elle et sa famille n'entretiennent plus de relations avec lui depuis 1982. Michael Moehn fait partie d'un groupe d'opposition hostile à l'État. La personne qui compte l'aider à traverser la frontière s'appelle Karl Ziegler. Elle épelle. Elle ajoute qu'il l'a agressée le matin même, à son domicile. Karl Ziegler possède une maisonnette à deux heures de la ville, c'est un endroit dans lequel lui et Michael pourraient se cacher. S'ils se mettent en route assez tôt, maintenant, ils peuvent les empêcher de fuir et procéder à leur arrestation.

Lorsque Karl est parti de chez elle, Judith a fumé ses cigarettes et celles de Rainer. Les unes après les autres. Dans le placard, elle a trouvé un manteau d'automne qui lui descend jusqu'aux genoux. Elle s'est enroulée à l'intérieur, les cheveux défaits et du sang sous les ongles. Elle a marché, elle y est allée à pied. Elle a marché pendant près d'une heure et demie et elle est arrivée à la centrale, les jambes en feu et l'esprit vide. Elle n'a pas accordé un seul regard aux bâtiments imposants dans lesquels son père a travaillé toute sa vie, la boîte alvéolaire devant les portes d'entrée, ces hommes et ces femmes qui se croisent en silence. Elle a donné son nom et elle a demandé à être reçue.

C'est un homme de l'âge de son père qui l'a installée dans son bureau. Un homme aux cheveux blancs, la voix grave et un regard aimable. Il a proposé à Judith de lui apporter quelque chose, un café ou un thé, un verre d'eau peut-être. Judith lui a demandé s'il était prêt à noter et l'homme s'est assis, un bloc de papier sous la pointe de son stylo. En inscrivant le nom de Peter, le nom de celui qui occupe le bureau qu'il devrait occuper, il n'a pas su s'empêcher de sourire. Il y a des matins comme les autres et il y a des matins de chance. Des matins où la fille de Peter Moehn vient vous donner la preuve que son père est un traître. L'homme aux cheveux blancs relit ses notes comme on déchiffre la somme d'un chèque. Il demande à Judith

Moehn si son frère compte passer la frontière seul. S'il a prévu d'emmener quelqu'un avec lui, un membre de la famille, de son groupe, un ami ou une petite amie. Judith hésite. Elle préfère ne pas répondre. L'homme lui demande de reprendre depuis le début.

19

Ils les ont trouvés en lisière de forêt, dans une maisonnette dont ils avaient la description. Michael Moehn et Karl Ziegler, une voiture et une mobylette garées dehors. À l'intérieur, une femme qu'ils ont identifiée comme étant Hannah Wolter, vingt-sept ans, domiciliée à Prenzlauer Berg. Les deux premiers se sont rendus sans opposer de résistance. Il a fallu trois agents pour maîtriser la femme.

2016

C'est la fin de l'automne. La semaine dernière, il y avait encore le rouge, une certaine forme de splendeur. Le froid est arrivé et il a mis les feuilles à terre, toute la rue orange et noir. Hannah tire sur la laisse de son chien, un bâtard qu'elles ont appelé Billy, une odeur insoutenable et débordant d'amour. Il plonge dans les tas de feuilles mortes, il se soulage dans les couleurs, heureux comme on peut l'être. Hannah le fait venir à son pied et lui passe une main sous la gueule, elle le caresse et lui demande de se dépêcher.

C'était ce matin. Le documentariste l'a fait asseoir sur un vieux fauteuil rembourré, les pieds en bois et un coussin sur les genoux. Il y avait une caméra et des étagères derrière elle, pleines de dossiers verts et bruns, des machines à écrire et des mallettes en cuir vides. Aux murs, ils avaient accroché des gadgets d'espion, un uniforme de soldat, la photographie d'un homme assis sur une chaise pliable, nuque longue et cigarette entre les doigts. Il a fallu faire des essais. Parler plus fort, moins fort. Se redresser sur la chaise et bien regarder l'objectif, s'adresser à lui plutôt qu'au documentariste. Il a fallu répéter les réponses, être plus claire et soigner sa diction, trouver une façon adéquate de dire ce qu'on voulait qu'elle dise. Avec un fort accent du Sud, le documentariste lui a demandé de raconter son année de détention. Vivre la chute du mur derrière les barreaux d'une cellule, la tragique ironie, le contraste éclatant de la liberté et de l'enfermement. De la prison, Hannah n'avait rien de particulier à dire. Elle a parlé de l'ennui. Le documentariste l'a interrompue pour qu'elle revienne sur son enfance, ses années dans les jeunesses communistes. Avec un tremblement dans la voix, comme un respect qu'on montre à un vieux militaire qui raconte la guerre dans une classe d'école, il lui a dit de prendre son temps. Hannah a répondu qu'il y avait peu d'enfances aussi belles que la sienne, il a changé de sujet. En montrant les étagères et les répliques de dossiers, il a voulu qu'elle parle des archives de la Stasi. De ces millions de pages, ces kilomètres de rayons renfermant tant de secrets, sauvés de justesse du ventre des déchiqueteuses, bandelettes de papier recollées à la main, reformant le récit d'un pays disparu. Le documentariste voulait savoir ce qu'elle avait ressenti en lisant son dossier personnel, si elle s'était sentie violée, trahie, si elle avait découvert des choses qu'elle ignorait.

Hannah ouvre la porte de chez elles, enlève la laisse du chien et accroche son manteau.

Hannah a répondu au documentariste qu'elle n'avait pas souhaité consulter son dossier. Elle préfère ne rien lire de ce qu'on a dit sur elle.

Depuis la chambre, Judith lui demande si la journée s'est bien passée. Elle se lève pour venir l'embrasser.